お昼休みは二人きりで
台本読み合わせの一時

話題の二人は変装ばっちりで
お忍び遊園地デート♪
水沢玲奈
Rena mizusawa
／星宮あかり役
今を時めく天才若手女優。完璧で隙のない人柄で知られるが、海斗の前では臆病で甘えたがりな素の表情を見せる。女優としては天性のセンスを持ち、役に没入して圧巻の演技を披露する。

天野海斗
Kaito Amano
／赤井明久役
幼いころ玲奈と交わした約束を果たすために努力を続ける若手俳優。玲奈と再会し、彼女と共に『初恋の季節』の主演に抜擢される。俳優としては全体を俯瞰し共演者の良さを引き出すことに長けている。

『あたしは……明久君のことが、好き……だよ』
玲奈の演技は完璧だった。
僕の両頬にそっと手を添えると、じっと僕のことを見つめた。
そして少しだけ間をおいてから、
覚悟を決めたように一度小さく瞬きをして、
その小さな唇を僕の唇めがけてゆっくりと近づけてきた。

天才女優の幼馴染と、キスシーンを演じることになった1

雨宮むぎ

HJ文庫
1111

口絵・本文イラスト　Ｋｕｒｏ太

CONTENTS

Filming a kiss scene with my genius actress childhood friend

プロローグ　二人の約束

Filming a kiss scene with my genius actress childhood friend

「じゃあ次、白雪姫《しらゆきひめ》役やりたい人は手を挙げてくださーい！」

八年前、僕《ぼく》と玲奈《れな》が小学一年生だったときのこと。

僕たちのクラスでは学芸会で披露《ひろう》する演劇の役決めが行われていた。進行役は担任の先生で、あらかじめ黒板に綺麗《きれい》な文字で役柄《やくがら》を書き込《こ》んでいた。

「はーい！　やりたいです！」

「わたしもやりたい！」

演劇の題目は白雪姫である。主役となるのは王子様と白雪姫の二人であり、特に白雪姫は花形の役だったから人気が高かった。複数の女子が手を挙げ、先生がそれを順番に黒板にメモしていく。

僕はといえば、既《すで》に王子様役に立候補して役を獲得《かくとく》していた。だから相方となる白雪姫を演じるのが誰《だれ》になるのかと楽しみにしながら見守っていた。四人が手を挙げ、それを黒板に書き終えたところで先生は振《ふ》り返って教室をぐるりと見回した。

「立候補者が多いから、ここはじゃんけんで決めましょう。もう他にやりたい人はいないかしら？　誰もいないなら締《し》め切ろうと思うんだけど……」

その問いかけに対し、手を挙げようとする人はいない。

先生は立候補を打ち切ってじゃんけんを始めようとしたが、その時だった。

僕の隣《となり》に座《すわ》っている玲奈が、おずおずと手を挙げたのだ。

「み、水沢《みずさわ》さん？　立候補なの？」

「は……はい」

「そ、そう。それじゃあ五人でじゃんけんね！　立候補した人は立ち上がって！」

先生は一瞬《いっしゅん》驚《おどろ》いた表情を浮《う》かべたけど、すぐに切り替《か》えて進行を始めた。そしてじゃんけんの結果――白雪姫役を勝ち取ったのは、他ならぬ玲奈だった。

当時の玲奈は臆病《おくびょう》で引っ込み思案《じあん》な性格だった。僕たちは家が近いこともあって毎日のように遊んでいたのだけど、玲奈はいつも僕の後ろに隠《かく》れておどおどしているような女の子だった。

そんな玲奈が自ら劇の主役という目立つポジションに立候補するというのはとても意外で、だから僕は帰り道本人に直接尋《たず》ねてみた。

「玲奈、どうして白雪姫役に手あげたの？」

「だ、だめ？」

「いや玲奈はかわいいしイメージはぴったりだけど……なんというか、こういうの苦手だと思ってたからさ。演技に興味あったの？」

「ううん。人前に出るの怖《こわ》いし」

「え、それならどうして？」

　すると玲奈は恥《は》ずかしそうに俯《うつむ》き、しばらくしてから顔を上げると、ぐっと両こぶしを握《にぎ》って詰《つ》め寄ってきた。

「海斗《かいと》が悪いんだもんっ！」

「ええっ？　ぼ、僕が？　何で？」

「海斗が王子様役に手あげちゃうから……ほ、ほら、白雪姫ってお姫様《ひめさま》を目覚めさせるためにちゅーするでしょ！　海斗が私以外の女の子とちゅーするなんて、絶対絶対だめなんだから！」

「……もしかしてそんな理由で手あげたの？」

　こくりと頷《うなず》く玲奈に、僕は思わず苦笑《くしょう》してしまった。当時の玲奈が「大きくなったら海斗とケッコンする！」と平気で言い回るくらい僕に懐《なつ》いていたのは事実だけど、それにしても予想外の理由だった。

何から突《つ》っ込むか迷ったので、とりあえず事実を指摘《してき》することにした。

「えっと、白雪姫の劇で本当のキスはしないと思うけど。ふりだけだよ」

「ええっ？　そ、そうなの？」

「うん。普通《ふつう》はそうだよ」

「ううっ、それなら手あげなきゃよかった……」

「今からでも先生のところ行けば役変えてもらえるかもよ？　もし一人で言いに行くのが不安だったら僕がついていってあげる」

僕がそうやって提案すると、玲奈は少しの間考《かんが》え込むような仕草をとっていた。だけど結局玲奈は首を横に振り、堂々と宣言した。

「やっぱり私白雪姫やる！」

「いいの？」

「だって海斗が他の女の子とちゅーするふりするのも嫌《いや》だもん！」

「は、はあ……でも本当にいいの？　台詞《せりふ》もけっこうあるしさ、みんなが見ている前で演じるのはけっこうドキドキしちゃうと思うよ？」

「大丈夫《だいじょうぶ》！　海斗と一緒《いっしょ》だし！」

「よし、それなら二人でがんばろうね、玲奈」

「うん！」

玲奈は力強く頷いた。


そうして次の日から練習が始まった。

正直玲奈がまともに白雪姫を演じられるのか不安はあったけど――始まってみると良い意味で予想を裏切られることになった。

玲奈は演技の才能があったのだ。

誰よりもはやく台詞を覚え、誰よりもはやく役柄を掴《つか》んでいた。小学生とは思えないほどの演技力を披露し、指導にあたる先生を驚《おどろ》かせていたくらいだった。

練習は順調に進んでいった。

でも、上手に演技できているからといって、玲奈の臆病な性格が治ったわけではない。

そのことに僕が気づかされたのは本番前日のことだった。

夜になって、突然《とつぜん》玲奈が僕の家を訪ねてきたのだ。

玲奈は僕の部屋にあがるなり泣きそうな顔で訴《うった》えてきた。

「その……明日の劇、出たくないかも……」

「ええっどうして？　あんなに練習したのに？」

「だってだって……やっぱり怖いんだもん」

玲奈は申し訳なさそうに体を縮こまらせながら、ぽつりと呟《つぶや》いた。

「今までの練習は先生とクラスのみんなしか見てなかったから平気だったけど、明日は他のクラスとか学年の人とか、たくさんの人の前で演《や》ることになるし……そう思ったら気分悪くなってきて……」

俯きながら、玲奈は続ける。

「ごめんね、せっかく海斗が言ってくれてたのに……今になってこんなこと言い出すなんて、海斗にもクラスのみんなにも何て謝《あやま》ればいいかわからないよ……」

「えっと玲奈、泣かないで。ほら、少なくとも僕は怒《おこ》らないから」

「……本当？」

「うん。もちろん」

そう言ってから僕がハンカチを差し出すと、玲奈は何度か目を拭《ぬぐ》ってから僕の方に顔を向けた。僕はにっこりと笑《え》みを作ってから口を開いた。

「ただ……僕としては、明日は玲奈と一緒に演りたいな。白雪姫」

玲奈はじっと僕の方を見つめている。

「ほら、玲奈の演技すっごく上手だし……劇も良い感じになったから。みんなきっとびっくりすると思うんだ」

「海斗……」

「それに、玲奈と一緒にこんなふうに何かにチャレンジするのってはじめてでしょ。だから、今回の劇はすっごく特別なんだよ」

玲奈は、僕の言葉に心動かされたみたいだった。

目を大きく見開き、真剣《しんけん》な表情を作っていた。

どうやら演りたいという方に気持ちが傾《かたむ》いてくれたようだけど、緊張《きんちょう》して上手《うま》く演じられないでのはないかという不安も残っているのか、玲奈はぐっと手を握りしめていた。その手は心なしか震《ふる》えていた。

「……大丈夫、かな」

そんな玲奈の弱々しい様子を見て、思わず体が動いた。

僕は手を伸《の》ばし、玲奈の頭を優《やさ》しく撫《な》でてあげた。

「大丈夫だよ。僕が一緒だから。もしどうにもならなくなっても、僕が助けてあげる」

玲奈は少し顔を赤らめたままこくりと頷いた。

そして翌日、玲奈はちゃんと白雪姫として舞台《ぶたい》に立った。心配は杞憂《きゆう》に終わり、玲奈は練習通りの完璧《かんぺき》な演技を披露できた。僕たちのクラスの演劇は大成功し、客席から大きな拍手《はくしゅ》を貰《もら》った上、低学年部門で最優秀《ゆうしゅう》賞に選ばれて表彰《ひょうしょう》状《じょう》まで貰うことができた。

僕たちはしばらくの間、高揚《こうよう》感から抜《ぬ》け切れなかった。

学芸会はまた一年後になってしまうけど、また一緒に演技したいという話を毎日のようにしていた。子どもながらに色々と調べ、将来は役者になってみたいなどという夢を語るようにもなっていた。

そんな中だった。

僕が転校することになったのは。

親の仕事で突然《とつぜん》の話だったから、心の準備をする時間もなかった。引っ越《こ》し当日、玲奈は泣きじゃくって僕に抱《だ》き着いてきた。

「もう会えないの？　そんなの嫌っ！」

僕も玲奈と会えなくなるのは寂《さび》しかったけど、見てられないほどに取り乱す玲奈を見ていると冷静な気分になった。この子を慰《なぐさ》めてあげたい、そんなふうに思った僕が口にしたのは、一つの約束だった。

「ねえ、玲奈」

「なに？」

「また会えるようにさ、約束しない？」

「……どんな約束？」

玲奈は服の裾《すそ》で涙《なみだ》をぬぐい、視線を上げた。

「僕たち、将来役者になって一緒に演技したいって話してたでしょ。だからさ、二人ともビッグな役者になって再会するってのはどう？」

「ビッグな役者……」

「そしたらさ、はなればなれになってもいつか必ず会えるよ！　それでまた、一緒にすっごい作品作ろう！」

僕がそう言い終わると、玲奈はぱあっと顔を輝《かがや》かせていた。

「うん！　約束よ、海斗！」

僕たちは小指を出し、一つの約束を交《か》わしたのだった――

＊

――それから八年。

玲奈は十五歳《さい》にして人気女優となっていた。ドラマや映画の主演を数多く務め、繊細《せんさい》で印象的な演技は高く評価されていた。バラエティや舞台などの仕事も幅広《はばひろ》くこなし、SNSのフォロワー数は百万超《ご》え、テレビCMの出演は女性タレント最多の年間二十本と、まさしく芸能界の最先端を駆《か》け抜ける存在だ。

一方の僕はからっきしだ。

芸能事務所に所属して役者の仕事は続けているけど、それだけである。

子役時代から数えて百回以上オーディションに落ち続け、最近もようやく脇役《わきやく》や端役《はやく》が少しずつ貰えるようになった程度。演技力を評価されたことはほとんどない。

玲奈とはあれから一度も会っていない。

連絡《れんらく》すら取っていない。

そんな関係だけど、玲奈は幼馴染《おさななじみ》であると同時に、憧《あこが》れであり目標となる存在だった。

玲奈に並びたてるような俳優になり、そして、八年前のあの日に交わした約束の通り玲奈と大舞台《おおぶたい》で共演したい。それが僕の目標だった。

このときの僕は、まだ知る由もなかった。

数か月後、玲奈と主演同士で共演し、そして、キスシーンを演じることになるなんて。

第一章　突然の再会

Filming a kiss scene with my genius actress childhood friend

三月のある日。

僕は連続ドラマの撮影《さつえい》現場に赴《おもむ》いていた。

ドラマのジャンルはデスゲーム×恋愛《れんあい》である。現代日本を舞台として、突如《とつじょ》デスゲームに巻き込まれた主人公とヒロインが、次々に人が死んでいく過酷《かこく》な状況《じょうきょう》の中で愛を育みながら危機を乗り越えていくという物語だ。

僕が演じるのは主人公とヒロインの共通の友人・天草翔太《しょうた》役。密《ひそ》かに心を寄せていたヒロインを主人公に奪《うば》われたことから逆恨《さかうら》みし、第八話では罠《わな》にはまった主人公を見殺しにしようとした。主人公はヒロインの決死の救出劇により助けられ、翔太はその後罪の意識に苛《さいな》まれることになるも、主人公に許されて再び行動を共にしていた。

「じゃあ、本番行こう。スタンバイ入ってくれ」

森田監督《かんとく》の一声で、現場には緊張感が走る。

今日撮影するのは最終話のワンシーンだ。

三人が絶体絶命の窮地《きゅうち》に追い込まれ、翔太が自らの命を犠牲《ぎせい》にして主人公とヒロインを守るというシーン。僕の最大の見せ場だった。

端役を演じてばかりの僕にとって、今回の翔太役はかなり大きな役だ。脇役とはいえ出演時間も台詞もそれなりに長く、目立つポジションである。その中でも一番の見せ場となればやっぱり気合いも入る。

「シーン一一五、カット一、トラック一、よーいスタート！」

カチコミが叩《たた》かれる音で、本番の撮影が始まった。

僕――いや翔太は、ばたりと地面に倒《たお》れた。

『きゃあああ！』

『お、おい！　翔太っ！』

ヒロインは絶叫《ぜっきょう》し、主人公は顔を真っ青にして翔太へと駆け寄った。翔太は胸から大量の血を流していた。主人公とヒロインの二人はそんな翔太の姿を見て絶句してしまう。

翔太は苦しそうに表情を歪《ゆが》めながら、絞《しぼ》り出すような弱々しい声で言った。

『すまん……俺《おれ》は、ここまでみたいだ……』

『そんな！　何でだよ、あと少し……あとほんの少しで、この地獄《じごく》から脱出《だっしゅつ》してみんなで生き残れるっていうのに！』

『翔太君、大丈夫だよ！　翔太君のこと見捨てないから！　あたしたちのことを守ってくれたんだから、あたしたちも絶対に助ける！』

『そうだな！　よし、俺がおぶっていこう！』

『……やめろ！』


翔太は主人公の伸ばした手を払《はら》い、それからぎこちない笑顔《えがお》を作った。


『俺はもう助からない、それは自分が一番よくわかる。だから二人は先を行ってくれ……他の罠がどこにあるかわからないんだから、足手まといは置いていけ』

『翔太……』

『翔太君……そんな……』

『どのみち、一度お前を見殺しにしようとした俺に生きてる資格なんてなかったんだ。そんな俺を許して、側においてくれたお前ら二人を守るためにこの命を使えたんだから……

俺は本望《ほんもう》だよ』

長回しのシーン。ここまでは全てリハーサル通りに進んでいた。リハーサルよりも演技の精度は上げているけれど、会話のテンポや動きはほとんど同じだった。

あと数回のやりとりでこのシーンは終わる。

しかし僕はこのとき、小さな違和感《いわかん》を覚えていた。

その違和感を解消するため、僕はここで一つアドリブを加えた。

リハーサルのときより少しだけ早く、少しだけ語気を強めて次の台詞を口にしたのだ。

『行けっ！　はやく！』

周りから見ている分には気づかないくらいの僅《わず》かな差だけど、主人公役の共演者はその違《ちが》いに敏感《びんかん》に反応した。想定していたリズムが崩《くず》されたせいで台詞のタイミングがずれ、口ごもっている時間がリハーサルのときよりも一秒ほど長くなった。

『すまん翔太……ありがとう、本当に』

『気にするな。その代わり、ちゃんと生き残れ』

『もちろんさ。行くぞ朱音《あかね》！　こいつの覚悟《かくご》を無駄《むだ》にするわけにはいかないだろ！』

『そ、そんな――』

一度翔太の手をぎゅっと握りしめた主人公は、ヒロインの手を強く引いた。翔太の気持ちに応えるため、苦しい決断を果たしたのだ。ヒロインは目からぼろぼろと涙を零《こぼ》すも、最後の別れをすませると主人公とともに部屋を走り去っていった。

翔太はそんな後ろ姿を見守りながら、最期《さいご》の言葉を呟く。

『朱音のこと……幸せにしてやってくれ、よ……』

「カットカット！　よーし、オッケー！」

森田監督が手を叩き、僕の最大の見せ場となるシーンの撮影は終わったのだった。

＊

「おつかれさまー。良かったよ」

「ありがとうございます、有希《ゆき》さん」

　撮影後、廊下《ろうか》で僕のことを迎《むか》えてくれたのは担当マネージャーの有希さん。

　新人としてマーベル芸能事務所に入所してから四年間ずっと僕の担当をしてくれている人だ。二十代半ばの若い女性で、黒のポニーテールと弾《はじ》ける笑顔が印象的な美人である。

　他のタレントも複数人掛《か》け持ちしていて忙《いそが》しいはずなのに、今日は朝一から現場で付き添《そ》ってくれていた。

「それ、受け取るよ。かさばるだろうし」

「すいません、お願いします」

　僕は手に抱《かか》えていた花束を有希さんに渡《わた》した。今日で僕はオールアップとなるので、記念の花束をもらっていたのだ。

　有希さんはにっこりと笑みを浮かべ、僕の方を見る。

「この現場も今日で終わりだねー。どうだった？」

「自分のやれることは全部やったと思います。それが結果に結びついたかはわかりませんけど……」

「うんうん、本当に頑張《がんば》ってたもんねー。大丈夫だよ、天野《あまの》君は良い演技してたと思う」

「はい、ありがとうございます！」

今回の役は、僕にとってステップアップのチャンスだった。

森田監督は去年海外の大きな映画賞を獲得して話題になった気鋭《きえい》の監督であり、今回のドラマの注目度も高い。実際に第一話の視聴率《しちょうりつ》は冬ドラマの中で第二位とかなり健闘《けんとう》していた。

その作品で脇役とはいえそこそこ目立つ役を貰えたのだ。ここで爪痕《つめあと》を残せればプロデューサーや監督の目にとまってもっと大きな役が舞《ま》い込んでくるかもしれない。そうやって積み上げていけばいつかは主演、そして玲奈《れな》との共演という目標にも届くはずだ。

僕はそんなモチベーションで臨《のぞ》んでいた。

そして悪くない演技をすることができたという手ごたえがあった。

「じゃあ楽屋帰ろっか」

「はい！」

そのため僕は良い気分で楽屋までの道を有希さんと一緒に歩いていた。

しかし——

階段の踊《おど》り場《ば》を通りがかったところで、聞きたくない会話が聞こえてきてしまった。

「主演の子たち、二人とも上手かったなー。あれは売れるよ」

「ああ、それに比べるとさっきの子はちょっと可哀想《かわいそう》だったな」

「せっかくの見せ場のシーンだったのに完全に主演の方に食われちゃってたもんな」

「確かに。もったいなかったよなあ」

　今回の撮影に関わっていたスタッフ同士の会話のようだった。

　休憩《きゆうけい》中の雑談だから、まさしく忌憚《きたん》のない意見が交わされている。そのせいで僕は、スタッフの人たちからの自分の評価に直面させられることになる。

　僕の顔色が悪くなったのを見た有希さんは、とんとんと僕の肩《かた》を叩いた。

「行こう、天野君」

「は、はい」


　そのあと楽屋に帰ってきてからも、ショックからはなかなか立ち直れなかった。

　僕は一度小さくため息をついた。

「やっぱり僕の演技だめだったんですかね……」

「そ、そんなことないよ天野君！　ほら、スタッフっていってもたくさんいるんだから、あんまり気にしても仕方ないって」

「いえ、薄々《うすうす》はわかってたんです。有希さん以外に演技を褒《ほ》めてもらったことなんてほとんどないですし、今回のオンエアだって僕の演技は何の話題にもなってないですから」

「天野君……」

撮影のために台本をひたすら読み込んで、誰よりも練習量を積んできた。最大限の準備をしてきたはずだけど、結局僕の演技は爪痕を残すことができなかったのだ。

こんな調子ではステップアップどころか、次の仕事を貰えるかすら怪《あや》しい。

有希さんが沈黙《ちんもく》してしまい、部屋には重い空気が流れた。

その静寂《せいじゃく》を打ち破ったのは、ドアをコンコンと叩く音だった。

「あれ、誰だろう？　ちょっと出てみるね」

立ち上がった有希さんが扉《とびら》を開けると、そこに立っていたのは予想外の人物で。

「も、森田監督？」

「おう、おつかれさん」

監督は部屋に入るなり僕の前まで歩いてきた。そして椅子《いす》に座った。

「ど、どうしたんですか？」

「ちょっと雑談でもしようかと思ってな」

「ざ、雑談ですか……」

「ああ。さっきのシーンだけど、リハーサルとは違う動きをしたよな。あれは意図的にやったのか？　それともただタイミングがずれただけか？」

雑談と言っておきながら、演技に関するかなり切り込んだ話だった。僕は思わずぴんと背筋を張り、姿勢を正してしまう。

「えっと、その……すみません」

「何で謝る？　別に責めてるわけじゃなくて、ただ興味本位で聞いてるだけだ。だから雑談程度の気持ちで喋《しゃべ》ってくれればいい」

監督はそう言ってから相好を崩した。

リハーサルと違う動きとは、僕が僅かにタイミング早く、語気を強めて言った台詞のことだろう。

ほんの少しの差だったのに、監督はしっかりと気づいていたみたいだ。しかし監督の意図がわからない。口では責めてるわけじゃないと言ってるけど、勝手にアドリブを挟《はさ》んだことを怒っているのかもしれない。

何と返答すべきか迷ったけど、結局、僕は正直に言うことにした。

「あれは、一応意図的にやりました」

「ほう？　どういう狙《ねら》いだったんだ？」

「演じている途中《とちゅう》で違和感があったんです。最終話の中盤《ちゅうばん》……翔太が二人を庇《かば》って死ぬというあのシーンは、自分の命を奪おうとした翔太を許した主人公の懐《ふところ》の広さが報《むく》われるシーンであると同時に、主人公とヒロインが脱出したあとにも完全に喜ぶことはできずにデスゲームで死んでいった人たちへの葬送《そうそう》を行おうとするラストシーンにもつながります。翔太の死は、主人公たちの心に遺《のこ》った傷跡《きずあと》の一つの象徴《しょうちょう》として物語上重要な意味を持つと思うんです。だからこそあのシーンでは僕じゃなくて、主人公の心の葛藤《かっとう》ややりきれない感情にスポットライトが当たる方が、この作品がより良いものになると考えました」

「それで、タイミングと声量に変化を加えたと」

「はい。意表を突く形で演技することでちょっとだけ間が長くなるようにしました。その間の長さに主人公の心の動揺《どうよう》が表現されて、あのシーンの物語的な位置づけをはっきりさせられたと思ってます」

　他の人、それも監督に演技の意図を語れるというのが楽しくて、僕は自分の考えを饒舌《じょうぜつ》に語ってしまっていた。一通り話し終えたところで我に返り、思わず赤面してしまう。

「……す、すみません長々と喋っちゃって」

「いや構わん。俺の予想していた通りだ、お前は面白《おもしろ》い役者だな」

　監督は満足げに頷くと、更《さら》にもう一つ質問をぶつけてきた。

「今までにも同じような感じでアドリブを入れてたよな？」

「え？」

「八話の地下室に入るシーンとか、十話の負傷した隣人《りんじん》を救出しに回るシーンとか」

「き、気づいてたんですか？」

「当たり前だ、こっちは監督だぞ。役者のほんの少しの変化にまで目を配るのが仕事だ」

当たり前のように言うけれど、今まで同じようなアドリブを加えたときに他の監督から指摘されたことはなかった。僕の演技をすごく良く見て、理解してくれている。それが伝わったからこそ、僕は思わず尋ねていた。

「僕の演技、率直《そっちょく》にどう思いましたか？」

「どういう意味だ？」

「さっき、スタッフの人たちの立ち話を聞いちゃったんです。僕の演技が主演の二人に完全に食われていたって……それで正直、自分の演技に自信が持てなくなってて」

僕は深刻な悩《なや》みを打ち明けたつもりだった。

しかしそれを聞いた監督はばからしいとばかりに笑った。

「ははっ、そんな奴《やつ》らはほっとけ」

「え？」

「今回、お前に与《あた》えられたのは脇役だ。そしてお前は自分の役割に徹《てっ》してこの作品がより良いものになるように考え、結果を出した。見る目のない連中からすれば主演の二人の方が上手い演技をしたように見えるかもしれないが、実際はお前が誘導《ゆうどう》してたんだ。今回のキャスト陣《じん》の中で一番クレバーな演技ができていたのは天野、お前だよ」

「そ、そうでしょうか」

「台本理解の深さと観察力、それを演技へと昇華《しょうか》できる技術、演技の中で自分の立ち位置を俯瞰《ふかん》できる頭の良さ……そういうのをひっくるめたクレバーさでいったら、同年代でも一番じゃないか？　自信を持って自分の演技を磨《みが》いていくといい」

監督はそう言ってから僕の肩をぽんと叩いた。

「そうしたら使ってくれる人はいるよ。俺を含《ふく》めてな」

そして、それだけ言い残すと、監督は立ち上がって部屋をあとにした。

監督が帰ってからもしばらく僕は呆然《ぼうぜん》としていた。

演技を褒められることに慣れていなかったから、ドキドキが止まらなかった。僕が現実へと戻《もど》ってきたのは、興奮した表情の有希さんに肩をぐいぐい揺《ゆ》すられたときだった。

「やったやった！　すごいじゃん天野君、あの森田監督にべた褒《ぼ》めされるなんて！」

「あ、ありがとうございます……ちょっと自分でもびっくりしちゃって」

「やっぱり見る目のある人はわかるんだよ、天野君の演技ってすごく良いもん！　今は苦労してるけど、このまま頑張っていけば天野君はきっと売れるよ！」

「そうですね、まだそこまで自信は持てないですけど、やる気はすごく出てきました」

僕はそう言ってから、にっこりと笑みを作った。

「有希さん、オーディションの話があったら持ってきてください。できるだけたくさん」

「ラジャー！　待っててね、すぐに話を貰ってくるから」

少なくとも、今までやってきたことは無駄ではなかったのだ。

明日からもっともっと頑張ろう。

そして、いつか玲奈に並びたてるような役者になって、玲奈と再会するんだ。

僕は改めてそう心に誓《ちか》った。

玲奈との再会は——実際には、予想外の形で実現することになったのだけど。

＊

「久しぶり天野君、ドラマ観たよー。良かったじゃん」

「ありがとう。松井さんも映画出てたよね、この前観てきたよ」

「サンキュー！　けっこう良い演技できた自信あるんだよねー」

四月になり、春休みが明けて学校が始まった。

先月中学を卒業した僕は今日から高校生となる。今日が入学式の日なのだけど、登校した僕を待っていたのはいつも通りの光景だった。

というのも、ここ水星学園は芸能科の設置された私立の中高一貫校《いっかんこう》だ。芸能科はクラスが一つしかないため学年が上がってもクラス替《が》えということがない。そのため高校の入学式でも見慣れたクラスメートたちが顔を揃《そろ》えており、緊張感は皆無《かいむ》だった。

「おっはよー、二人とも」

「あ、おはよう青山くん」

「おはよー青山」

芸能科のクラスは基本的にみんな仲が良い。僕も特定のクラスメートと仲が良いというのはないけれど、こんなふうに会ったら気軽に話をするくらいの関係性は築いていた。

「二人は聞いたか？　なんかこのクラスに編入生が来るって噂《うわさ》があるんだけど」

「編入生？　一般《いっぱん》科で高校受験があるのは知ってるけど、こっちもそういうのあるの？」

松井さんが首を傾《かし》げると、青山くんが説明した。

「一応芸能科にも制度上はあるんだよ、高等部からの編入っていうのが。だけど学校側としては中学から六年間通ってほしいっていう思惑《おもわく》があるからかなり審査《しんさ》が厳しいらしいんだ。過去にも何年かに一回編入生が入ってきてるけど、売れっ子ばっかりって話だぜ」

「へー、それじゃあ結構な有名人が来るってことかー。面白そうじゃん」

そんな話をしていると、チャイムが鳴って始業時刻となった。前の扉から先生が入ってきて僕《ぼく》たちは急いで自分の席へと座る。

「おはよう、昨年度に引き続きこのクラスの担任は俺が務める。一年間よろしくな」

入ってきたのは担任の石黒健司先生。三十代半ばの中年男性で、学期の最初の授業は五十分全てを雑談に費《つい》やすという雑談大好きな数学科教師だ。

石黒先生はクラス全員の点呼を終えると、クラス全員を見回してから言った。

「このあと九時から入学式だが、その前にやっておくことがある。高等部からこの芸能科に一人の編入生が入ってくることになった。もう廊下で待ってもらっているからさっそく紹介《しょうかい》しよう。仲良くしてやってくれ」

さっき青山くんが言っていた噂は本当だったらしい。

編入生という言葉にクラスがざわついた。

「えー編入生？」

「うわ、テンション上がるね！　うちのクラスはそういうのと無縁《むえん》だったし」

「女子？　男子？」

「ギターやってないかな？　そしたらバンドメンバーに引き込《こ》んでやるんだけど」

「……静粛《せいしゆく》に！　色々気になることはあるだろうが、とりあえず自己紹介を聞いてからたっぷり質問してやってくれ」

そう言うと石黒先生は前の扉から外に出て、編入生を呼びに行った。

顔ぶれの変わらない芸能科にとっての物珍《ものめずら》しいイベントに、クラスメートたちは浮《うわ》ついていた。僕もどんな編入生が来るんだろうとぼんやり想像をめぐらせていた。クラス中の注目を集める中、真新しい制服に身を包んでゆっくりと入ってきた少女の姿を見て、教室が固まった。

宝石のように澄《す》んだ瞳《ひとみ》、絹のように白く滑《なめ》らかな肌《はだ》。

ぎゅっと結ばれた綺麗《きれい》な赤い唇《くちびる》。

世紀の美少女とメディアで称《しよう》される、奇跡《きせき》のように整った可愛《かわい》らしい顔立ち。

艶《つや》やかな茶髪《ちゃぱつ》をふわりと靡《なび》かせて歩く姿は、それだけでドラマのワンシーンのようで。

芸能人としての圧倒的《あっとうてき》なオーラと風格を醸《かも》し出す、別次元の存在感。

教壇《きょうだん》までゆっくりと歩いてきたのは、僕にとって完全に予想外の人物だった。

「みなさん、はじめまして」

その少女は――誰《だれ》もが知る人気女優であり、僕の幼馴染。

玲奈だった。

あまりにも突然の再会に僕の脳は完全にフリーズしてしまう。クラスメートたちも騒然《そうぜん》としていたが、石黒先生だけはいつも通りの姿で玲奈に向かって声をかけていた。

「ほら、簡単に自己紹介してやってくれ」

「はい。えっと、名前は水沢《みずさわ》玲奈です。職業は女優をやらせてもらってます。先月までは地方に住んでいたんですが、仕事が増えて移動が大変になってきたので高校入学のタイミングで上京してきました。みなさんとは仲良くしていきたいので気軽に話しかけてくださ い、よろしくお願いします」

玲奈は柔《やわ》らかい声でそう言い終えると、ぺこりと頭を下げてからにっこりと天使のような笑みを浮《う》かべた。その笑顔にクラス全員が一撃《いちげき》でやられていた。男女問わず、思わず見とれてしまっていたのだ。

(か、可愛い……！)

僕も例に漏《も》れず、思わず心の中でそう呟いていた。

テレビやメディアでたくさん見ていたはずなのに、本物はよりいっそう可愛かった。八年前は仲の良い友達としか見ていなかった幼馴染は、一目見るだけでドキドキしてしまうようなとびきりの美少女に成長していた。

「水沢の席はあそこ、窓側の一番後ろだ。隣《となり》の松井は色々教えてやれよ」

「え、あ、はい！」

玲奈の席は僕の席からは少し離《はな》れていて、さっきまで話していた松井さんの隣の席だった。名前を呼ばれた松井さんは柄《がら》にもなく硬くなっているようだった。玲奈は先生に会釈《えしゃく》するとゆっくりとした足取りで自分の席まで歩き、鞄《かばん》を机の上に置いてから椅子に腰《こし》を下ろした。そして隣に話しかけた。

「松井さん、お久しぶりですね。元気そうで何よりです」

「えっ？　あ、あたしのこと覚えてるの？」

「もちろんです。二年前に一度共演させていただきましたよね」

「本当に覚えてたんだ……あたしなんて、出番ほんのちょっとだけのほぼエキストラみたいな脇役だったのに」

「知っている方が隣で心強いです。これからよろしくお願いしますね」

「う、うん！　よろしく！」

そんなやりとりをする玲奈は、メディアで見るイメージと全く同じだった。

上品でお淑《しと》やかな話し方、物腰柔《ものごしやわ》らかで社交的な性格。そこには臆病《おくびょう》で引っ込み思案《じあん》だ

った昔の玲奈の面影《おもかげ》はなく、天才女優にふさわしい完璧な振《ふ》る舞いである。

(玲奈、眩《まぶ》しいなあ……)

僕は思わず心の中でそう呟いていた。

八年前、二人でビッグな役者になって大舞台で再会しようと約束した。だけど僕はまだまだ端役ばかりの売れない役者だ。超《ちょう》がつくほどの人気女優となり、第一線で活躍《かつやく》している幼馴染の姿が、どこか遠い存在のように思えてしまった。


入学式が終わり、放課後になった。

そこですぐさま僕のもとに複数のクラスメートがやってきた。

「おい、天野」

「一緒《いっしょ》に水沢さんに声かけにいかないか？　連絡先交換《れんらくさきこうかん》してもらおうぜ」

「え？　あ、うん」

とんとんと肩を叩かれて、僕は流されるままに立ち上がる。

自分で声をかけに行く勇気がどうしても出なかったからありがたかった。自席で荷物を整理している玲奈のもとに、僕たちは歩いて行った。

「はじめまして水沢さん。俺、モデルとかやってる成海なんだけど、よろしく」

「えっと俺は音楽やってる内山、はじめまして」

二人が緊張気味に挨拶《あいさつ》すると、玲奈は手をとめてにっこりと微笑《ほほえ》んだ。

「ええ、こちらこそよろしくお願いしますね」

「あ、あのさ、連絡先《れんらくさき》とか交換《こうかん》してくれない？」

「もちろんです。あ、芸能科のグループがあればその招待もお願いしたいんですが……」

「ああ！　オッケー、招待しとく」

そんな会話をしている三人の一歩後ろで、僕は固まってしまっていた。近くで見ると玲奈はいっそう可愛かったし、スターのオーラというのか、誇張《こちょう》なく一挙手一投足が輝いて見えた。ふわりと甘《あま》い香りも漂《ただよ》ってきて、相手は幼馴染のはずなのに初めて出会う有名人と相対するときのように緊張してしまっていた。

「ほら天野、お前も自己紹介しろよ」

「あ……うん」

そう声をかけられて、僕は一歩前に出る。

すると玲奈は今まで僕のことを認識《にんしき》していなかったようで、少し驚《おどろ》いたような目をしたのちじっと何かを待つような視線を向けてきた。

「えっと、天野です。よろしくね、水沢さん」

僕は、そこで昔みたいに玲奈、と下の名前で呼ぶことができなかった。

久しぶり、と馴《な》れ馴れしく話しかけることもできなかった。

だけどそのとき僕は勝手に期待していたのかもしれない。八年前のように、無邪気《むじゃき》な笑顔で「久しぶり海斗《かいと》！」と言ってくれることを。でも現実はそうもいかず、玲奈は僕からすぐに目を逸《そ》らすと、淡泊《たんぱく》な反応を返してきた。

「こちらこそよろしくお願いします、天野くん」

「あ、うん」

「ご、ごめんなさい、私今から仕事で……お先に失礼します」

荷物を詰《つ》めて立ち上がり、足早に廊下へと去っていく玲奈。心なしか顔が赤かった。

（やっぱり、僕のことなんて覚えてないよな……）

もう八年も前のことだ。

あの時の約束を未《いま》だに胸に抱え、目標にしている方がおかしいのかもしれない。

そうわかっていても、僕は寂しさを感じてしまっていた。

＊

その日の午後、僕は事務所へと足を運んでいた。

新年度になったので宣材写真の撮《と》り直《なお》しやプロフィールの更新《こうしん》といった事務作業があると聞いていた。マーベル芸能事務所の所在地は僕の学校の最寄《もより》駅から電車で十分ほどのところで、かなり行きやすい。

エレベーターで五階まで上がると、有希さんが待っていた。

「おつかれー。どうだった、学校は？　今日入学式だったんだよね？」

「まあ入学式自体は何事もなかったですけど、とんでもない編入生が来たんですよ」

廊下を歩きながら僕たちは雑談を交わす。

まずは宣材写真を撮ると聞いている。写真は当然プロのカメラマンに撮ってもらうわけで、芸能事務所だと自前のスタジオを持っているか提携先《ていけいさき》のスタジオがあるのかのどちらかである。うちの場合は同じビルの一つ上の階に提携スタジオがあり、有希さんと合流してから向かうことになっていた。

と、階段を上っている途中で有希さんはにやにやしながら言った。

「それって水沢玲奈でしょ？」

「えっ、有希さん何で知ってるんですか？」

「だって星水学園を紹介したの、あたしだもん。あそこの芸能科はおすすめだよーって」

僕は思わず立ち止まってしまった。

「有希さんがれ……じゃなくて、水沢さんに紹介したんですか？　あれ、水沢さんってアメシスト芸能事務所ですよね」

「うん。だから事務所的には全然繋《つな》がりないんだけどね、実は水沢玲奈の担当マネージャーがあたしの妹なんだよねー。白石花梨《しらいしかりん》っていうんだけど」

「そ、そうだったんですかっ！」

完全に初耳だった。

そんな身近なところに玲奈との繋がりがあったなんて。

「そうだよー。地方支社に勤務してたけど水沢玲奈の上京に合わせて東京の本社に転勤になってね、物件探してる間あたしのアパートに住んでるんだ。ちょうど空き部屋あったし姉妹《しまい》でルームシェアってわけ」

「なるほど、それで星水学園を紹介したんですね。確かにうちの学校、出席日数の配慮《はいりょ》とかプライバシーとか条件はかなりいいと思います」

「でしょでしょ？」

有希さんはにんまり笑ってから、玲奈のことを尋《たず》ねてきた。

「ええっ？」

「でもどうだった、水沢玲奈は？　やっぱりオーラあったでしょ」

「そうですね。正直、話しかけるだけで緊張《きんちょう》しました」

「お、でも話しかけたんだ。天野くんけっこう興味ある感じ？」

「まあそれは……僕らの世代だと頭一つ抜《ぬ》けた超《ちょう》売れっ子ですし」

玲奈と幼馴染《おさななじみ》であることは有希さんを含め、ほぼ誰にも話したことがなかった。だから僕はそのことは言わずに当たり前の理由を口にした。

するとそこで、有希さんから思わぬ提案が飛んできた。

「それならさ、今度うちの妹が引っ越《こ》しする日に遊びに来ない？　あたしも行くんだけど水沢玲奈も新居に遊びに来るらしいからさ、天野くんも来て四人で軽くパーティーみたいなのどう？」

僕は思わずごくりと唾《つば》を呑《の》む。

すごく魅力的《みりょくてき》な提案だった。

マネージャー二人がいるとはいえ、少人数で会えるのだ。話せる機会もたくさんあるはず。そこで八年前に会っていたことを打ち明ければ、今まで忘れていたとしても思い出してくれるだろう。昔と同じような距離《きょり》感を取り戻すのは無理でも、あの頃《ころ》の思い出話なんかができるかもしれない。

だけど――僕は少し考えてから首を横に振った。

今は早すぎる。そんな気がした。

まだ僕は、あのときの約束を果たせるようなビッグな役者にはなれていないのだ。

玲奈が僕のことを覚えているならともかく、さっきの反応からしておそらく忘れているだろうから、それならば打ち明けるのはあの約束が果たせたときにしたい。

約束を覚えているのが僕だけならば律儀《りちぎ》に守る必要もないし、無意味なプライドなのかもしれない。だけど玲奈との約束をずっと役者としての一つの目標にしていた僕は、それを最後まで貫《つらぬ》きたいという気持ちがあった。

「いえ、遠慮《えんりょ》しておきます。さすがに緊張しちゃうと思いますし」

「そっかそっか。まあ、どうせ同じ学校なら仲良くなる機会もあるだろうしねー」

と、僕の葛藤を知る由もない有希さんは、そうやって軽く流してくれた。

そんな話をしているうちに僕たちはスタジオについた。予約は既《すで》にしてあるので、有希さんが受付の人と軽く話すとすぐに中へと通された。

「お久しぶりでーす。今日はうちの天野をよろしくお願いします」

三人ほどのスタッフが出迎《でむか》えてくれた。みんな顔見知りだ。

宣材写真を撮るときはただ撮るだけではなく先にメイクやヘアスタイリングをしてもら

うことになる。僕は奥《おく》に通されて、その間に有希さんはカメラマンの人と撮影《さつえい》イメージの打ち合わせをしていた。

二十分ほどで僕の準備が整い、いよいよ撮影に入る。白地の壁《かべ》をバックにして立ち、カメラマンが写真を撮っていく。撮った写真はリアルタイムでパソコンの画面に共有され、有希さんがそれを見てあれこれ言っていくという感じだ。

そうやって進めていたのだけど、数分経《た》ったところで携帯《けいたい》の着信音が鳴った。

「あ、すいません。ちょっと電話が」

有希さんの携帯だった。

一度撮影は中断となり、有希さんは表に出て電話応対をしに行った。すぐに帰ってきた有希さんは、申し訳なさそうに手のひらを合わせて頭を下げた。

「ごめん天野くん、事務所の上の人から呼び出しが入って。今すぐ来いって言うから、悪いんだけどちょっと下まで行ってくるね」

「あっ、了解《りょうかい》です！」

「というわけですみません、撮影だけは進めておいてもらえますか。あとでまとめて確認《かくにん》しますので」

「はい。わかりました」

僕とカメラマンの人とそれぞれ会話を交《か》わした有希さんは、一度スタジオを去った。

そのあと僕はカメラマンの人と一緒に撮影をしていたのだけど——

十五分ほど経った頃、有希さんがばたばたと駆《か》け込んできた。

いつもの飄々《ひょうひょう》とした雰囲気《ふんいき》とは異なり、今までみたこともないほど動揺した様子。

いったい何事だろう。

息を切らした有希さんは、僕の両肩《りょうかた》に手を乗せて、いつになく早口で言った。

「天野くん！　ごめん、今すぐ下に来て！」

宣材写真の撮影は結局途中で切り上げることになった。とりあえず今まで撮ったデータを共有してもらい、あとで有希さんが確認してイメージに合ったものがなければもう一度リスケすることに決まった。

僕は何も知らされていないまま、有希さんと一緒に事務所の階まで降りた。そして小さな会議室で待たされることになった。

有希さんは、資料を二部持って戻ってきた。

「はい、天野くん。とりあえずこれを見て！」

「えっと……もしかして新しい仕事のオファーですか？」

「そうそう。これは向こうが送ってきた企画書《きかくしょ》なんだけど、『初恋《はつこい》の季節』って聞いたことあるかな？」

「あっはい！　六月から始まるドラマですよね、最近話題になってるのを見ました」

有希さんの様子を見るにただごとではない気配が感じられ、僕はドキドキしながらそう答えた。

「うん。ちょうどさっき話してた水沢玲奈が主演を務める作品で、初めて恋愛《れんあい》ドラマのヒロインに挑戦《ちょうせん》するってことで注目されてるんだけど……」

「その仕事が来たんですか？」

「そういうこと」

玲奈と、共演！

今まで共演したことは一度もなかったから、どくんと胸が跳《は》ねた。

しかし六月から始まる連続ドラマであれば遅《おそ》くとも今月中には撮影開始、クランクインを迎えることになる。主だった登場人物についてはとっくにキャスティングが終わっているだろう。

そうはいってもエキストラ同然の端役《はやく》ならわざわざ宣材写真を中断してこんなふうに呼び出すことはないだろうし——

「けっこう台詞《せりふ》多めの役のオファーが来たんですか？」

そこまで考えて、僕はそう尋ねた。

それはかなり期待をこめて言ったはずだったのだけど、返ってきた答えは、それを遥《はる》かに上回るもので。

「ううん、違《ちが》う。話が来たのはね、主演だよ」

「…………えっ？」

僕は、文字通り凍《こお》り付いた。

主演？ 僕が？

あまりにも予想外のことに、頭の処理が全く追いつかなかった。

「うん、そういう反応になるよねー。あたしもさっき上の人から話もらったときに同じ反応になったから。わかるわかる」

「冗談《じょうだん》じゃないんですよね？ え、どういうことですか？ 主演って半年前とか何か月も前に決まってるものなんじゃ……」

「主演に誰を起用するかは視聴率とか注目度にも関わるし、ドラマ企画《きかく》を立ち上げるときに決まってることが多いね。遅くとも数か月前には決まってるのが普通《ふつう》かなー」

「『初恋の季節』って六月開始のドラマですよね？」

「そう。何なら明後日キャスト陣の顔合わせがあるらしいよ」

だめだ、さっぱり意味がわからない。僕が黙《だま》り込んでしまうと有希さんは一度手元のメモ帳を開いてから詳《くわ》しく話してくれた。

「事情を説明するとね、元々は他の役者さんに決まってたんだけど、急病で入院しちゃったらしくて。急遽《きゅうきょ》代役が必要になったけど高校生の役者って絶対数が少ないし売れっ子は軒並《のきな》み他の仕事でスケジュール埋《う》まってるから。それで緊急《きんきゅう》会議になって、森田監督《かんとく》の一声で天野君が抜擢《ばってき》されたって流れみたい」

「森田監督が……」

「うん。たぶん、この前のあれだよ」

手元の企画書を見ると、確かに森田監督の担当作品だった。

この前の出演作での演技を評価してくれたということなのだろうけど、それにしても自分でさえ理解できないような大抜擢だ。

聞けば聞くほど混乱してしまう。

しかし落ち着く時間もないまま、有希さんは次の言葉を投げかけてきた。

「そんなわけでまだ頭の整理はついてないと思うんだけど、さっきも言ったように明後日顔合わせと本読みが予定されてる激ヤバなスケジュールだから今すぐ返答がほしいって。

天野君はまだ来月以降の仕事全然入ってなかったし、その意味では問題なく受けられるんだけど」

「やります！　絶対やります！」

「威勢《いせい》いいねえ。ま、さすがにこんなチャンス逃《のが》す手はないよね」

有希さんは笑《え》みを作ってから手元の資料を一枚捲《まく》った。

「一応確認しとかなきゃいけないんだけど、キスシーンは大丈夫《だいじょうぶ》だよね？」

「あれ、キスシーンあるんですか？」

「今の台本だと第六話の二人で付き合うところで一回かな。もしかしたら増えるかもしれないって感じ。ま、恋愛ドラマなんだしそりゃあるよね」

「なるほど」

「まあご褒美《ほうび》でしょ？　あの水沢玲奈とのキスシーン嫌《いや》がる人なんていないよ、役得じゃん役得」

「変なこと言わないでくださいよ！　もちろん問題はないですけど、あくまでも演技ですから！　そんな公私混同はないです！」

僕は慌《あわ》ててそう言ったけど——

言葉とは裏腹に、頭の中では学校で見た玲奈のことを想像してしまっていた。

言葉を失うようなとんでもない美少女に成長した幼馴染。その艶《つや》めいた赤い唇を思《おも》い浮かべてしまい、僕はぶんぶんと首を振った。そのあと頬《ほお》を両手でぺちぺち叩《たた》き、必死で煩《ぼん》悩《のう》を振り払《はら》おうとした。

玲奈との、キスシーン。

聞いただけでドキドキしてしまっている自分がいたのは、否定しようがない。

有希さんはそんな僕の内心を知ってか知らずか、ぱちんと手を叩いてにっこり微笑んだ。

「よし、キスシーンも大丈夫そうだし決まりかな。それじゃああたしは早速《さっそく》上の人に報告してくるね」

「はい、お願いします！」

「天野君はこの部屋で待っててね。これから更に具体的な話があると思うから。今日はたぶん遅くなるよー」

そう言って駆け足で出て行った有希さんの後ろ姿をぼんやり眺《なが》めているうちに、僕はようやく落ち着きを取り戻した。

玲奈と共演。それも主演同士で。

ビッグな役者になって大舞台《おおぶたい》で再会するというあの約束が、果たせるのかもしれない。

そうすれば、堂々と玲奈に打ち明けられる。

玲奈が僕のことを思い出してくれればいっきに打ち解けられるはずだ。そしてこれから主演同士で一緒に過ごすうちに仲を深め、八年間の溝《みぞ》を徐々《じょじょ》に埋める。

昔みたいに、玲奈と仲の良い幼馴染になれるかも——

僕は小さな会議室で、そんなことを一人妄想《もうそう》してしまっていた。

＊

だけどそんなふうに舞《ま》い上がれたのはほんの一瞬《いっしゅん》だった。

「はあ……やっぱり、ひどい言われようだなあ……」

僕は携帯の画面を眺めながらため息をついていた。

本当に緊急の代役だったため、話が決まった翌日には公式SNSやホームページで僕が主演を務めることが報じられた。

そしてそれに対する世間の反応は厳しいものだった。「誰？」「この役者さん聞いたこともないんだけど」「水沢玲奈の初恋愛《はつれんあい》ドラマで期待してたのにこれはない」「冷めるわ」「はいはいコネ案件ね」等々……一つ一つ読みあげていったらきりがないけど、プチ炎上《えんじょう》といえるくらいには荒《あ》れていた。

僕の出演した春ドラマを観ていた人の中にはこのキャスティングを楽しみと言ってくれる人もいたけど、圧倒的に少数派だった。

もちろんその反応は学校に行っても変わらない。

芸能科の生徒は芸能関連のニュースに敏感《びんかん》だから、大騒《おおさわ》ぎになった。

「おいおい天野、まじかよ！　お前主演になったのか？」

「水沢さんと共演って……まじかあ、いいなあ」

「とんでもない大抜擢だな！」

僕が登校するとクラスメートたちに囲まれて色々と話しかけられた。キャスティングの経緯《けいい》なんかも聞かれたけど、内部事情を漏らすわけにもいかず僕は曖昧《あいまい》な答えしかできなかった。

そんな中、玲奈のファンを公言している女子たちは少し離れた場所で色々と不満を口にしていた。

「天野くんはちょっとないよね……水沢さんの恋人役《こいびとやく》だったらアイドルがよかったな、ビジュアル強い平石クンとか」

「そもそも天野君じゃあ水沢さんと肩《かた》並べる主演って格じゃないし」

「あんまり演技上手《うま》くないもんねー」

「がっかりだなー楽しみにしてたのに。謎《なぞ》キャスティングすぎるよ」

それが普通に僕に聞こえてしまう声量だったから、僕は閉口してしまう。

まあ、そう言われることくらいわかってるけどね？

一晩経って冷静に考えてみたけど、僕はアイドル売りしてるわけでもなければ準主演級の役を演じたこともない。急遽用意された代役に過ぎないのだ。森田監督は何かを期待してくれているみたいだけど、正直言って荷が重い。

しかしそこで――教室に透《す》き通った声が響《ひび》いた。


「やめてください」


全員が会話を止め、声の主に目をやる。

その言葉を口にしたのはいつの間にか登校していた玲奈だった。

いつになく険しい表情を浮かべたまま、玲奈は僕について色々言っていた女子グループに歩み寄った。

「共演者のことをそんなふうに言われるのは不愉快《ふゆかい》です」

「あ……えっと」

「ご……ごめん」

「謝《あやま》るなら天野くんじゃないですか？　聞こえていたと思いますし」

教室に緊張が走る。

女子たちは反省した様子でうなだれ、口々に僕に謝ってきた。僕はそれほど気にしていたわけじゃなかったから、真正面から謝れると少し困ってしまった。

玲奈はそれを見ると、表情を崩《くず》して今度はにっこりと笑みを作った。

「ごめんなさい、私も少し熱くなってしまいました。みなさんが作品を楽しみにしていたからこそああいった話をしていたことはわかります。なので私からも謝らせてください」

「えっ……？」

驚いた様子の女子たちに、玲奈は頭を下げてからそれぞれと仲直りのハグをした。女子たちには叱《しか》られたことよりもそちらが一大事のようで、笑顔《えがお》できゃーきゃー言っていた。

教室の空気も和んだ。玲奈はずばっと言いたいことを言っただけでなく、教室の空気を全く悪くしなかったのだ。そんな日常の振る舞いもあまりにも完璧《かんぺき》すぎて、僕は思わず拍《はく》手《しゅ》してしまいそうだった。

そのあと玲奈は教室を出ようとしたので、僕は駆け寄って素直《すなお》な感謝の言葉を伝えた。

「ありがとう、水沢さん。さっきああ言ってくれて嬉《うれ》しかったよ」

「は、はい……」

すると玲奈はなぜか赤ら顔で俯《うつむ》いてしまい、そのあとぽつりと呟《つぶや》いた。

「頑張《がんば》りましょうね。一緒に良い作品を作りましょう」

「うん、もちろん！」

僕の言葉に一礼してから、少し早足で廊下《ろうか》を歩いていった玲奈。

その後ろ姿を見て——僕は改めて思っていた。

やっぱり、今の玲奈の背中は僕にとって遠すぎる。

この作品を通じて自分が自信を持って玲奈に並び立てるような役者になったといえるようになって、あのときの約束を果たすことができたならば、そのとき初めて幼馴染であることを打ち明けよう。

そのためにもこれからはたくさん努力しなければいけない。僕はぐっと拳《こぶし》を握《にぎ》りしめてから、教室に戻《もど》って送られてきた台本を開いたのだった。

＊

ところでキャスティングが決まったあと、クランクインを迎《むか》えるまでにキャスト陣《じん》が関わるイベントというのがいくつかある。大きなものでいえば顔合わせ、本読み、衣装《いしょう》合わせの三つである。

顔合わせはその名の通り役者やプロデューサー、監督、テレビ局のお偉《えら》いさんや各種スタッフなどが大部屋で一堂に会する場だ。本読みは役者たちがそれぞれ台本を口に出して読んでいく練習機会で、衣装合わせは役者一人一人が美術のスタッフたちと一緒に役のイメージにあったメイクや髪型《かみがた》、服装などを探していく場といった感じである。

売れっ子役者はスケジュールがカツカツなことが多いこともあって、これらは同じ日にまとめられることも多い。

今回は顔合わせと本読みが同じ日、衣装合わせは別日だった。

午前中が顔合わせで、お昼休憩《きゅうけい》を挟《はさ》んで本読みという流れとなる。

普通に平日なので僕や玲奈のような学生は授業を休むこととなる。朝十時からの予定だったが、僕は三十分前の九時半にはテレビ局の建物に入り、指定された会議室へと足を踏《ふ》み入れていた。

「おはようございます！」

まだずいぶん早いから、ほとんど誰も来ていなかった。唯一《ゆいいつ》来ていたのは意外なことに森田監督だった。

「おう天野、久しぶりだな。前回の現場以来か？」

「森田監督！　お久しぶりです！」

僕は慌ててぺこりとお辞儀《じぎ》をした。

「えっと、早いですね？」

「まあな。九時集合だと思って九時ちょうどに来たら誰もいなくて退屈《たいくつ》してたところだ」

「は、はあ……間違《まちが》えただけでしたか」

それで会話が切れて一度沈黙《ちんもく》が流れた。そこで僕は、少しだけ逡巡《しゅんじゅん》したあと、思い切って一つ質問をぶつけることにした。

「あの、森田監督」

「どうした？」

「僕を主演に推《お》してくれたと聞いたんですけど……何で僕なのか、理由を教えていただけないでしょうか」

「ん？　そりゃあこんな直前に打診《だしん》してオッケーもらえそうな暇《ひま》そうなやつがお前くらいしか思いつかなかったからな」

「……えっ」

「ははっ、嘘《うそ》だよ。もちろんちゃんと理由がある」

「冗談きついですよ……」

森田監督は楽しそうに高笑いするけど、僕《ぼく》としてはたまったもんじゃなかった。一瞬息が止まりそうになったくらいだ。

するとそこで森田監督は逆に質問をぶつけてきた。

「お前、水沢玲奈ってどんな女優だと思う？」

「えっと……すごく繊細《せんさい》で解像度の高い演技をしますよね。役をすごく深く表現するというか、作品ごとに全然違うタイプを演じられるという印象です」

「うん、適確な分析《ぶんせき》だな。さすが頭の良い役者だ」

森田監督はうんうんと頷《うなず》いてから続ける。

「それにもうちょい付け足すならば、水沢玲奈っていう女優は天性のセンスの持ち主なんだ。台本を何回か読み込《こ》めば頭の中でイメージが組みあがって、そのまま役にどっぷりと浸《つ》かっていけるらしい。俗《ぞく》に没入《ぼつにゅう》型なんて言われたりもするけど、まあ感覚派の天才だな」

「すごいですね……僕なんて役作りにものすごく時間かかるのに」

玲奈の演技がどうやって作られているのかは知らなかったから、僕は素直に驚いてしまった。

「だけどそんなあいつにも欠点はある。どうしても役に引っ張られた演技になっちゃうんだよな。物語の流れとかよりも、演じている役柄《やくがら》が全てで小回りは利《き》かない。もちろんそんな欠点を補って余りある演技力とスター性があるからどこでも引っ張りだこなんだが」

「なるほど」

「逆にそういうのはお前、大得意だろ？　物語の意図や流れを読み込んで、作品が一番面《おも》白《しろ》くなるように自分だけじゃなくて共演者まで変えてしまうような芝居《しばい》。そんな計算型の演技なら、十代でお前より上手い役者はいないだろうな。過去の出演作を全部チェックしたけど間違いなくそう断言できる」

森田監督の言葉は、すうっと入ってきた。

正直僕に関する評価は相当な過大評価じゃないかと思ってしまうけど、それでもタイプでいったらその分析は正しい。

「お前と水沢はタイプでいえば真反対の役者だ。そんな二人を恋愛ドラマっていう密接に交わりあう舞台《ぶたい》に置くことで化学反応を起こして、爆発《ばくはつ》させてみたい」

「はあ……」

「それが俺《おれ》の狙《ねら》いだ。うまくいくかはお前たち次第《しだい》だけどな」

森田監督はそう言うと、僕の肩をぽんと叩いた。

「まあ、俺の抜擢がとんちんかんだったって言われないくらいには演じてくれよ？　放映後にプロデューサーとかお偉いさんにぐちぐち言われるのはごめんだからな」

「あっはい！　えっと、頑張ります！」

「ああその意気だ。今日の午後さっそく本読みがあるが、どんな感じだ？」

「ほぼ徹夜《てつや》で練習してきたんですけど、正直まだ全然固められてなくて……」

「ははっ、まあたった二日で役作りしてくるのは無茶《むちゃ》だわな。水沢ならワンチャンあるかもしれんが、お前みたいなタイプの役者だと無理だ。そこらへんはみんなわかってるからあんまり気にしないで、クランクインまでにちゃんと間に合わせてこい」

そう言うと、森田監督は自分の席に戻っていった。


開始時刻の十分前、九時五十分になると、八割方の参加者が集まっていた。

キャスト陣も玲奈以外は全員来ていた。主要な役しか来ていないけど、半数以上が初対面だったので僕は一人一人に挨拶に行った。みんな優《やさ》しく応対してくれたので緊張や不安も少し解消した。

それから数分後、玲奈も姿を見せた。

「おはようございます！」

部屋に入ってぺこりと挨拶しただけで、空気が一変したのがわかった。

プロデューサーもスタッフも共演者も、一気に表情が切り替《か》わる。その反応で、僕は改めて玲奈がこの作品の中核《ちゅうかく》なんだと意識させられた。

玲奈は僕の隣《となり》の席だった。席に座《すわ》ると僕の方に挨拶をしてきた。

「おはようございます、天野くん」

「あ、おはよう水沢さん」

しかし僕が挨拶を返すとまた赤ら顔で顔を逸らされてしまった。そのまま玲奈はもう片方の隣に座る共演者に挨拶していた。

玲奈が来たことで参加者は全員揃《そろ》ったため、司会の局員がマイクを持って前に立った。

「みなさん全員集まったようなので定刻より少し早いですがはじめさせていただきます。本日はテレビドラマ『初恋の季節』の顔合わせということで、お忙《いそが》しい中お集まりいただきありがとうございます」

一通りの挨拶が終わると、プロデューサーと監督からそれぞれ作品の説明や抱負《ほうふ》などが語られる。

それが終わるとついにキャスト陣の自己紹介《しょうかい》だ。

一発目は玲奈である。マイクを渡《わた》されると、さっと立ち上がって一礼した。

「星宮あかり役を務めさせていただく、水沢玲奈です。恋愛ものの作品で主演を演じるのは初めてなのでまだ勝手が掴《つか》めていない部分もあるのですが、皆《みな》さんと素晴《すば》らしい作品を作っていければと思います。これから数か月の間、どうかよろしくお願いします」

丁寧《ていねい》な言葉遣《ことばづか》いで、流暢《りゅうちょう》かつ要点を絞《しぼ》った自己紹介と抱負。

天才女優にふさわしい完璧な振《ふ》る舞いだった。

玲奈が改めて一礼すると、大きな拍手が沸《わ》き起こった。もうすでにこの空間全体を虜《とりこ》にしてしまっているのがわかった。

「では次、天野さんお願いします」

「えっと……赤井明久役を務めさせていただく、天野海斗です。今回は初めての主演で、正直緊張してるんですけど……その、足を引っ張らないように精一杯《せいいっぱい》頑張《がんば》ろうと思います。よ、よろしくお願いします」

こういう挨拶に慣れていない僕は、訥々《とつとつ》とした語り口になってしまう。

周りの視線が痛かった。こいつは本当にやれるのだろうか、というスタッフ陣からの値《ね》踏《ぶ》みするような視線を感じた。

喋《しゃべ》り終わった僕が一礼すると、さっきよりも随分《ずいぶん》とまばらな拍手が起きた。玲奈はニコニコ顔でぱちぱち手を叩いてくれていたけれど、全体としての盛り上がりは明らかに玲奈のときよりも劣《おと》っていた。

僕は席についてから小さくため息をついていた。

それから他の共演者の自己紹介が終わり、スタッフ側からの諸々《もろもろ》の説明、そしてお偉いさんの締《し》めの挨拶《あいさつ》が行われると、顔合わせは終了《しゅうりょう》となった。

「お疲《つか》れ様《さま》です！　次は一時から隣の小会議室で読み合わせを行いますので、出演者のみなさまと該当《がいとう》するスタッフの方は定刻までにお集まりくださるようお願いします！」

時計を見ると十二時ちょうどだったから、昼休憩は一時間もある。

なんだか疲れたし楽屋に帰ってゆっくりしよう。

周りが席を立って会議室をあとにしていくのを見ながら、僕も荷物を片付けていた。

と、そのとき――隣から声をかけられた。

「あ、あの……」

柔《やわ》らかく、耳当たりの良い声。

振り返ると声の主は玲奈だった。

「み、水沢さん？　どうしたの、僕に何か用？」

「いえ……用というほどでもないんですけど……」

何だか歯切れが悪い。いつもは上品で余裕《よゆう》のある振る舞いをしている玲奈だけど、なぜかちょっと顔を赤らめて視線を泳がせている。

いったい何を言われるんだろうと思って待っていると、玲奈はぐっと拳を握りしめてからおもむろに口を開いた。

「お昼、ご一緒《いっしょ》しませんか？」

「え？　僕と？　いいの？」

「は、はい！　主演同士で早いうちに親睦《しんぼく》を深めておいた方がこれからやりやすいかなと思いまして。天野くんとはまだ学校でもあまり喋っていませんでしたから」

「そ、そうだね。水沢さんがよければぜひ！」

誘《さそ》われたことで一瞬ドキッとしてしまったけど、この感じは単純に共演者として距離を縮めておきたいという意図のようだった。さすがのプロ意識だけど、僕はちょっぴり残念になってしまった。

とはいえ玲奈にご飯に誘われるのは間違いなく嬉しい。

案内されたのは玲奈の楽屋だった。中に入ると、机には差し入れの弁当が二つ並んで置かれていた。

「あれ？　僕の分もあるの？」

「そうです。マネージャーにお願いして用意してもらいました」

「そっか、そういえば僕のマネージャーとは姉妹なんだよね」

「は、はい」

玲奈が椅子《いす》に座ったので僕も椅子に座り、弁当を手に取る。机を挟んで向かい合うような形になった。

正面に座る玲奈を見て——僕は、今更《いまさら》ながらドキドキしてしまう。

楽屋という密室に、二人きり。

しかも相手はとんでもない美少女なのだ。

幼馴染同士だと異性として見れないなんて言われることもあるけど、こんな美少女を前にドキドキしない方が無理だ。第一僕たちは幼い頃に別れて以来ずっと会っていなかったんだし、何なら向こうは僕のことをまだ思い出していないわけで。考えれば考えるほど顔が赤らんでしまい、僕は玲奈を直視することができなかった。

「天野くんは一昨日にキャスティングが決まったんですよね」

「え？　あ、うん」

「大変でしたよね。すぐに顔合わせと本読みもあるし、クランクインだってもう間近に迫《せま》っているというスケジュールですし」

「まあね……でもこんなギリギリの代役でもない限り、僕なんかに主演なんていう大役は回ってこなかったわけだし。むしろ僥倖《ぎょうこう》だよ。こうやって水沢さんと共演することもできたわけだし」

「わ、私との共演を喜んでくれているんですか？」

「もちろん！　あ、えーと……ほら。水沢さんって若手だと断トツで売れてる女優だし、憧《あこが》れの存在だったからさ」

　思わず昔の話を持ち出してしまいそうになった僕だけど、直前で自重した。やっぱり、打ち明けるのは主演としてこの作品を成功させて真の意味で約束を果たせたといえるときにしたい。さっきの顔合わせでの反応を見て、その気持ちは更《さら》に強まっていた。

　しかし僕の反応に対する玲奈の反応は、意外にも冷めたもので。

「は、はあ……そうですか」

「あれ？　ごめん、何かおかしなこと言った？」

「いえ、そんなことないです！　私のことをそんなふうに思ってくださって、嬉しいです」

　玲奈はすぐにフォローしてくれたけど、何となく様子が変な気がしてしまった。

　そういえば僕と話すとき何度か顔を逸《そ》らされた記憶《きおく》もあるし、もしかしたらちょっと苦手意識を持たれてるのかもしれない。

　とにかく、僕たちはお弁当を食べながら少しの間当《あ》たり障《さわ》りのない話をしていた。森田監督の過去作の印象や作風のクセとか、星水学園の試験や成績関係の話とか、そういった感じの話だ。お互《たが》い探り探《さぐ》りという感じがあったけど、しばらくして、玲奈は一度こほんと咳払《せきばら》いをしてから一つ質問してきた。

「天野くん、つかぬことをお伺《うかが》いするのですが……」

「どうしたの？」

「私たち、今までお会いしたことはないでしょうか？」

「えっ」

僕は硬直《こうちょく》してしまう。

あ、あれ？　もしかして玲奈、僕のこと覚えてたの？

玲奈が僕のことを忘れているなら打ち明けるのはオールアップのあとにしようと心に決めていたけれど、覚えているなら話は別だ。

僕が八年前のことを口にすべきかと迷っていたところに、しかし、玲奈は慌てた様子で口を開いた。

「あ、えっと……その、共演経験という意味ですっ！　現場でお見かけしたような気がするなと思いまして」

「ああそういうことか……たぶん共演経験はないと思うよ。水沢さんと共演してればさすがに覚えてると思うけど、そんな記憶もないし」

「そ、そうですか」

　玲奈はそう言うと俯いてしまった。

　少し肩透《かたす》かしを食《く》らった僕だけど、もしかしたら玲奈が僕のことを薄《うす》っすらと覚えてるのかもしれないと期待してしまっていた。ただ詳細《しょうさい》を思い出せないから現場で会ったのではないかと推測している、ということかもしれない。

　だから僕はちょっと思い切って尋《たず》ねてみた。

「逆に水沢さんは僕と会った記憶があるの？　ほら、仕事の現場以外とかでも」

「え？　いや、それは……」

　だけど、玲奈は困ったように言葉を濁《にご》した。

　どうやらはっきりとした記憶はないようだ。

　と、そこでコンコンと扉《とびら》が叩かれ、会話は中断する。

　現れたのは有希さんだった。

「失礼しまーす。ごめんね天野君、食事中に」

「あっ有希さん！　どうしたんですか？」

「美術さんが軽い打ち合わせをしときたいんだって。天野君の衣装合わせは明後日だけど、急なキャスティングで色々共有できてないことも多いから十分くらいで終わるから来てほしいって」

「わかりました、僕はもう食べ終わってるのですぐ行けます！　水沢さんごめん、またあとでね」

「ええ。どうぞ行ってきてください」

いつもの柔らかい笑顔に見送られ、僕は玲奈の楽屋をあとにしたのだった。

＊

それから美術さんとの打ち合わせを終えて、僕は本読みに向かった。

結果は散々だった。

本読みは別に百パーセントの演技をする場ではないけど、それにしても僕の出来が酷《ひど》すぎた。まだ自分の中で全く役が固められていなかったこともあり、ただ抑揚《よくよう》をつけて朗読するだけになってしまった。

玲奈も役にどっぷり浸かる本気の演技はしていなかったとはいえ、しっかり上手かったし既《すで》に主演としての輝《かがや》きを放っていた。他の共演者も軒並み仕上がっていて、僕だけが浮《う》いてしまう形となってしまった。

（まずい……頑張らなくちゃ）

クランクインまで、あとたった十日しかない。

それまでにやることは大量にある。役作り、台詞の暗記、物語の分析と考察、他の共演者の過去作品のチェック、自分の中での演技のイメージの構築――

特に悩《なや》ましかったのはどのような演技をすればいいかという方針の部分だった。

僕は今回主演だけど、アイドル的な人気があるわけでもなければ、玲奈のような視聴者《しちょうしゃ》の目を釘付《くぎづ》けにするスター性のある演技ができるわけでもない。だから主演だからとガンガン前に出るというのは違う気がする。

森田監督も、今までの僕の演技を評価して抜擢してくれたわけだし。

そうだとすればやることはいつもと変わらない。

この作品は玲奈が初めて恋愛ドラマを演じることで話題になっているのだ。玲奈という天才女優が輝くことが作品にとって一番良いはずであり、僕はできるだけ玲奈を輝かせられるように演技をする。それが玲奈と約束した、最高の作品を作るために僕のできる最大限の貢献《こうけん》だ。

（うん、それでいい……そういう演技だ……）

色々と試行錯誤《しこうさくご》した結果、僕はその結論に辿《たど》り着いた。

それからはひたすら練習した。

学校でも家でも空き時間があれば台本を開き、短い期間で仕上げるべく頑張った。クランクインの日まで玲奈とはほとんど話さなかった。玲奈はすっかり人気者となってクラスメートに囲まれているし、僕は時間に追われて玲奈に話しかける余裕がなかった。

そして――とうとう迎えたクランクインの日。

テレビ局の保有している大規模撮影《さつえい》スタジオの一室で、僕は運命の日を迎えていた。

「本日、テレビドラマ『初恋《はつこい》の季節』クランクインとなります！　よろしくお願いします！」

「よろしくお願いしまーす！」

役者やスタッフが拍手し、場は盛り上がる。

いよいよ始まったのだという実感に、僕は肩を震《ふる》わせていた。

現場では台本とは別に割本というものをもらう。監督がその日に撮《と》るシーンをどのようなカメラアングルで撮っていくかというカメラ割りが台本に足されたものだ。僕はそれを見ながら一発目に撮るシーンを確認《かくにん》していた。

一発目のシーンは明久があかりの秘密を知るというシーンだ。あかりはクラスの人気者であり、弾けんばかりの明るく元気な少女である。明久は自分とは違《ちが》うタイプの人間だとあまり関わりを持っていなかったが――放課後の教室、そんなあかりが一人教室に残って何かを思い悩んでいるところを見つけてしまう。

　物語の中でも重要なシーンだ。

「じゃあドライ始めるので、スタンバイお願いしまーす！」

　その掛《か》け声を聞くと、僕の隣にいた有希さんはぽんと肩を叩いてくれた。

「頑張ってね、天野くん」

「はい！　ありがとうございます有希さん！」

　僕はぱんと自分の頬を叩き、気合いを入れて歩き出した。

　ドラマ撮影はいきなり本番をとるわけではない。

　ドライ、カメリハ、ランスルーという三種類のリハーサルがある。今から行うドライはカメラなしに一通り演じてみるというものだ。役者は演技の感覚を掴み、スタッフは位置関係や準備の仕方を確認するのが目的である。

　僕も玲奈も軽く流すくらいだけだった。

　すぐにオッケーが出て、ドライは終了した。

　ドライが終わるとカメラ、音声、照明などそれぞれのスタッフが打ち合わせに入り、僕たちは一度休憩となる。そしてカメリハ、ランスルーと、出番と休憩を交互《こうご》に繰《く》り返してからいよいよ本番に入る。

「シーン一、カット一、トラック一！　よーいスタート！」

カチコミが鳴らされて、いよいよ本番──

『あれっ……そこにいたんだ、赤井君』

机をじっと見つめていたあかりは、振り返って明久の方を見た。

物憂《ものう》げに揺《ゆ》らぐ瞳《ひとみ》、明るさと翳《かげ》りが同居する表情、ぎこちない体の動き。

僕は背筋がゾッとした。リハーサルのときとは全く違う、本気の演技だった。そこには玲奈の面影《おもかげ》はなく、表情と振る舞いだけで思春期の少女の脆《もろ》さや不安定さを完璧に表現しきっていた。

ああ、やっぱり僕の準備は間違っていなかった。この天才女優が輝く手助けをすることこそが、僕の役割だったのだ。

『星宮？　何やってるんだよ、こんなところで』

『ふふっ、何でもいいでしょ？　乙女《おとめ》の秘密ってやつだよ』

間合い、距離《きより》、画角……全てを俯瞰《ふかん》し、気を遣《つか》い、最も適切なものを選択《せんたく》する。

森田監督《かんとく》の言う通り、玲奈は自分の演技に没頭《ぼっとう》しているため、テンポはやや遅《おそ》くなっていた。でもそれは悪いことではない。天才の演技ができない僕のような人間がサポートしてあげればいいのだ。玲奈には余計なことを考えず、役に没頭してもらうのがいい。

『まあ別に詮索《せんさく》したいわけじゃないけどさ……大丈夫《だいじょうぶ》か？　その、泣きそうだぞ』

明久が言うと、あかりは言葉を止めてしまった。

沈黙。

困ったように表情を歪《ゆが》めたあかりの目からは——さあっと、涙《なみだ》が零《こぼ》れ落ちた。

『ずるいなあ赤井君は。そういうこと言っちゃだめだよ』

悲しみに困惑《こんわく》、恥《は》じらい、そして笑い。綯交ぜになっている感情をここまで鮮《あざ》やかに表現できるのかと僕は心を動かされていた。

素晴らしい演技だった。文句なしに、玲奈は眩《まばゆ》いばかりの輝きを放っていた。

だけど——そこで森田監督はパンパンと手を叩《たた》き、声を発した。

「カットカット！　うーん、違うんだよなあ」

え、今のがボツ？

僕は驚《おどろ》きを隠《かく》せなかったけど、森田監督は淡々《たんたん》と指示を出す。

「よし、もう一回いこうか。水沢のメイクが涙で少し崩れちゃってるから、その直しが終わったらすぐ本番入るぞ。準備してくれ」

「あ、はい」

「了解《りょうかい》です」

玲奈が専属のメイクさんにその場でメイク直しをしてもらっているうちに、僕は一度少し離《はな》れたところで見守っていた有希さんの下まで行った。飲み物を貰《もら》って喉《のど》を潤《うるお》し、さっきの演技の何が悪かったのかを考えていた。

だけど考えても考えてもわからなかった。

結局頭の整理もつかないままに、二回目の本番が始まった。迷いの出た僕の演技はさっきよりもちぐはぐで酷いものとなり、またもやボツをくらった。三回目、四回目——ボツが重なるたびに、周りのスタッフたちの表情は険しくなっていく。どんどん場の空気が悪くなっていく。自分が足を引っ張ってしまっている、というのが如実《にょじつ》に伝わってきた。

REC

そして五回目、ボツが出た。

そこで僕は森田監督に名指しで呼ばれてしまう。

「ちょっと休憩を入れようか。天野、少し話があるからこっち来い」

「は、はい……」

僕ががっくり項垂《うなだ》れて森田監督の下に向かうと、すぐに質問をぶつけられた。

「さっきの演技は、どういうことを考えてたんだ?」

「えっと、とにかく水沢さんが輝くように気を遣って演じました。二回目以降はどんどんブレてしまってしっかりした意図は持ててなかったんですけど……」

「まあそんな感じだわな。確かに最初の演技は、脇役《わきやく》としては完璧だった」

森田監督はこくりと頷いてから、すっと指を突《つ》き立てた。

「だけどな、今回のお前は主演なんだよ。だから主演の演技をしなくちゃだめなんだ」

「でも、僕は人気があるわけでもスターの演技ができるわけでもないです。僕が輝こうとするのは違うような……」

「そんなことないぞ。水沢みたいに演れって言ってるわけじゃなくて、お前なりの主演の演技を見せてくれればいいんだ」

僕なりの、主演の演技?

それだけ言われても何をすればいいのか皆目見当《かいもく》がつかなかった。

場は沈黙に包まれてしまう。

するとしばらくして、森田監督は嘆息《たんそく》した。

「まあ、すぐには固まらなそうだな。これは宿題にしよう」

「え？」

「今日は予定変更《へんこう》だ。撮影はもう切り上げて、二日後にリスケすることにしよう。それまでに俺の宿題に答えを出してこい」

「ええっ？　そ、そんなことしていいんですか？」

「まあいいんだよ。裏方連中はぶーぶー言うだろうが、俺の権限で何とかなる」

冗談《じょうだん》で言ってるわけではないようだった。

森田監督は本当にスタッフへと指示を出し始めた。

結局『初恋の季節』初回撮影は、僕のせいで何も撮ることのないままバラシとなったのだった。

「おつかれ天野君」

「有希さん……」

「帰り、送ってあげるよ。その前にちょっと雑務で五分くらいとられちゃうから、どこか適当なところで待ってて」

「は、はい。ありがとうございます」

有希さんの優しい口調が辛《つら》かった。有希さんがどこかへ行ってしまうと、僕はいたたまれなくなって部屋を飛び出した。

部屋を出た廊下の曲がり角には自販機《じはんき》数台とテーブルや椅子が並んだラウンジスペースがある。そこで少し気を落ち着かせようと思って足を運ぶと、先客がいた。玲奈が割本を持って読み込んでいたのだ。

「あ、天野くん。おつかれさまです」

「水沢さん」

玲奈は僕を見つけるとぱたんと割本を閉じ、笑顔で立ち上がった。

「呼びに来てくれたんですか？」

「あ……えっと、そうじゃなくて」

「ではもう少し休憩でしょうか？」

「いや、すごく言いにくいんだけど……今日の撮影はバラシになっちゃった」

ぱちくりと瞬《まばた》きをしたのち、玲奈は不思議そうに首を捻《ひね》った。

「バラシ、ですか？」

「うん。さっき監督からダメ出しを受けてさ、それを修正するには数日かかるだろうって。それで今日は終わりにしようって監督が決めたんだ」

「そ、そうだったんですね……」

「ごめんね水沢さん、僕のせいで迷惑《めいわく》かけちゃって」

　玲奈は僕なんかよりも遥《はる》かに仕事を抱《かか》え、忙しい日々を送っている。そんな玲奈のスケジュールを一日余計に潰《つぶ》してしまったのだ。申し訳なさに深々と頭を下げた僕だけど、すると玲奈は慌《あわ》てて駆《か》け寄って僕の肩《かた》に手を置いた。

「大丈夫ですよ、気にしないでください。迷惑なんて昔の私の方がよっぽどたくさんかけてますから」

「昔の私？　玲奈も撮影現場で同じような失敗をした経験があるってこと？」

「あっ……は、はい！　そうです！」

「そっか。ありがとう、励《はげ》ましてくれて」

「飲み物でも奢《おご》りますよ。ちょっと待っていてください」

　玲奈は自販機の方まで歩いていくと、財布《さいふ》を取り出して小銭《こぜに》を何枚か入れた。そのあと迷わずにボタンを押《お》し、続いてコトンと缶《かん》の落ちる音がした。玲奈はそれを持ってニコニコ顔で僕に駆け寄ってきた。

「はい、どうぞ」

「……サイダー缶？」

僕は手渡《てわた》された一本の缶を思わず見つめてしまった。

意外なチョイスだったけど、玲奈はよく飲むのだろうか？

なかなか飲もうとしない僕を不審《ふしん》に思ったのか、玲奈は声をかけてきた。

「どうしたんですか？」

「いや、自分ではあんまりこういう炭酸系のジュース買わないからさ。久しぶりに飲むなあと思って」

すると玲奈はショックを受けたように表情を硬直させ、それから頭を下げた。

「すみません、何か違うもの買ってきますね」

「あっ、別に嫌《いや》だと言ってるわけじゃないから！　ありがとう、水沢さん」

「そうですか……」

何だか落ち込んだ様子の玲奈を横目で見ながら、僕は缶を開けてごくごくとサイダーを飲んだ。冷たくて甘《あま》くて、すうっと体に染《し》みこんでいった。ずいぶん久しぶりに飲んだけどとても美味《おい》しかった。

それは何だか懐《なつ》かしい味で。

僕がその記憶を辿ろうとしていたときに、有希さんがやってきた。

「天野くん、ここにいたんだ。行くよ」

「はい。あ、水沢さん、これありがとうね」

「ええ。気にしないでください」

そうやって別れたあと、有希さんと歩きながら僕は缶と睨《にら》めっこしていた。

そして駐車場《ちゅうしゃじょう》まで来たあたりで、ようやく思い出した。

そういえば——

八年前の僕は、このメーカーのサイダー缶が大好きだったんだっけ。

＊

(玲奈……僕のこと、実は覚えてるのかな？)

その日の夜、僕は演技とは関係ないことで頭を悩ませてしまっていた。

僕が昔好きだったサイダー缶を迷わず手渡してきた玲奈。昔の好みを記憶していたのだとすれば、間違《まちが》いなく玲奈は僕のことを覚えていることになる。

考えてみれば今までたくさんサインがあったのかもしれない。

僕と話すとき他の人と様子が違ったのも、会ったことがないかと聞いてきたことも、昔の自分を引き合いに出して慰《なぐさ》めてくれたことも、今思えば玲奈が僕のことを覚えているサインであるように感じられる。

だけどそれならなぜ直接言わずに隠しているんだろう。

僕も同じく言わなかったけど、その原因は昔交《か》わした約束だ。

じゃあ玲奈も何かしら言い出しにくい事情があったのかな？

それとも僕と幼馴染《おさななじみ》だということを隠したい、みたいなネガティヴな理由がある？

色々考えた僕だけど、思い当たる節はなかった。玲奈のことがどうしても気になってしまい、どうにも演技の方に集中できない。あと二日後には監督の言う宿題に答えを出さなければいけないのに、まだ何も進展のないままだった。

（もう、直接聞いてみるしかないな）

僕はそう決心した。

共演者のグループを作って連絡先《れんらくさき》を交換《こうかん》したタイミングで、玲奈の連絡先も携帯《けいたい》に入っている。一度も連絡《れんらく》したことはないけど、僕《ぼく》はそこに勇気を振り絞ってメッセージを打ち込《こ》んだのだった。

〈話したいことがあるから、明日の朝屋上に来てくれない？　八時十五分くらいに〉

翌朝、僕は八時十五分ぴったりに屋上に着いた。

星水学園芸能科校舎の屋上は、簡素なものだ。四方が一メートル超《ちょう》の柵《さく》で囲まれており、横に二人か三人並んで座れるくらいのプラスチック製の青いベンチが一つだけ置いてある。あとは何もない殺風景な場所で、開放されてはいるがほとんど使われていない。

玲奈は既に来ていた。

青いベンチに腰《こし》かけて、そわそわしながら携帯を見つめている。

「おはよう、水沢さん。ごめんね突然《とつぜん》呼び出しちゃって」

「天野くん！　えっと……別にいいんですけど、いったい何の用でしょうか？」

声をかけると、玲奈はぴくりと体を震わせてから立ち上がった。なぜかガチガチに緊張《きんちょう》しているようだった。

僕は口を開こうとして、一度言葉を飲みこんだ。

本当は、すぐに久しぶりと声をかけるつもりだった。

だけど制服姿に身を包んだ玲奈の眩いばかりの芸能人オーラに気圧《けお》されてしまった。やっぱり、慣れ慣れしく声をかけることをためらわせるような存在感があった。可愛《かわい》くてスター性があって、僕なんかが下の名前で呼んでいいのかと自問してしまう。

(ええい、頑張《がんば》れ僕……！)

一度深呼吸してから、僕は空を仰《あお》ぎ——そこで思いついたことを口にした。

「今日は良い天気だね。本当に雲一つない快晴だよ」

「はい……？　確かに、良い天気ですけど」

空を見上げたのち、怪訝《けげん》そうに首を傾《かし》げる玲奈。

何を言い出すんだろうと思ってるだろう。僕だって咄嗟《とっさ》に思いついたのだ。

次の言葉を言うために。

「ほら、八年前の引っ越《こ》しの日も——確かこんな快晴だったよね？」

その言葉を聞いた瞬間《しゅんかん》、玲奈はぽとりと携帯を落とした。床《ゆか》に当たってコツンという音が小さく響《ひび》く。

玲奈の反応を見てようやく勇気が出た。それだけ今の玲奈は、僕にとって遠く感じられてしまうような大きな存在だったのだ。

一度唇《くちびる》を噛《か》んでから、僕はゆっくり口を開いた。

「久しぶりだね、玲奈」

玲奈は、ぱちくりと瞬きをした。

しばらく無言のまま固まっていたけど、やがて恐《おそ》る恐るといった感じで小さく呟《つぶや》いた。

「………かい、と？」

「八年ぶりだよね。結局あれから一度も連絡とらなかったから」

「ほんとに？　私のこと……覚えてるの？」

玲奈は普段《ふだん》のお淑《しと》やかで落ち着いた敬語とは違う、砕《くだ》けた口調で尋ねてきた。

僕は面食らってしまった。

天才女優となり、見た目は超絶《ちょうぜつ》美少女へと成長していた玲奈だけど、その喋り方《かた》はどちらかというと幼い頃《ころ》の玲奈を思い起こさせるようなものだった。

「そっちこそ。僕のこと、ちゃんと覚えててくれたんだ」

戸惑《とまど》いながらも、僕は言葉を返した。すると玲奈は見たこともないほどぱあっと顔を輝かせると、僕に駆け寄ってきた。

「海斗！」

そして、いきなりぎゅっと抱《だ》き着いてきた。

突然のことに心臓がぶっ飛びそうになる。

昔だったらよくあったことだし、何とも思わなかったけど――玲奈の温かさ、ほのかに甘い香り、そしてあの頃と違って膨《ふく》らんだ胸の感触《かんしょく》が伝わってきて、僕は慌てて玲奈の肩をとんとんと叩いて言った。

「あの、玲奈……近いよ」

「ご、ごめん！　その、興奮しちゃってつい……」

玲奈はすぐに体を離し、羞恥《しゅうち》から俯《うつむ》いてしまった。そんな姿もどこか昔と重なるところがあり、懐かしく感じてしまう僕だった。

（なんだ……やっぱりこの女の子は、玲奈だ）

幼い頃に別れてから八年間会ってなかった。その間に外見が大きく変わり、いつの間にか人気女優になっていた幼馴染に対し、距離を感じてしまっていた自分がいた。あんな約束をしておいて役者として全くうまくいっていない自分を玲奈と比べてしまい、引け目を感じてしまっていた自分がいた。

勝手に遠い存在と思い、勝手に僕のことなんて忘れているとだろうと決めつけてしまっていたのかもしれない。

でも、玲奈は玲奈だった。

八年という期間はものすごく長い。だから変わった部分はある。実際に玲奈はとびきりの美少女となり、超がつくほどの売れっ子女優になっていた。

だけど変わらない部分もある。そしてあの頃の記憶は、しっかりと残っている。

玲奈は、僕のことをじっと見つめ、おずおずと手のひらを前に出してきた。

「えっと……改めて、久しぶり。海斗」

僕はその手をぎゅっと握《にぎ》った。玲奈は嬉《うれ》しそうに微笑《ほほえ》み、もう片方の手を重ねてきた。

八年ぶりの再会は――最初に会ってから二週間も経《た》って、ようやく実現したのだった。

Filming a kiss scene
with my genius actress
childhood friend

第二章　距離感

再会を祝して握手を交わした僕たちだったけど、そのあとすぐに予鈴が鳴ってしまったため、朝はほとんど話すことができなかった。昼休みに改めて色々な話をしようと約束して僕たちは一旦教室に戻った。

午前中の授業はほとんど頭に入ってこなかった。

やっと四時間目の授業が終わると、僕はすぐさまお弁当を持って屋上へと向かった。ベンチに座って待っていると少しして扉が開き、玲奈が姿を現した。

「お……お待たせ、海斗」

玲奈はにっこりと可愛く微笑み、僕の隣に腰を下ろす。

ふわりと漂う柑橘系の甘い香り。

それだけでドキドキしてしまいそうだった。

「何か、まだ信じられない。海斗が私のこと、覚えててくれたなんて……」

「玲奈、僕が忘れてると思ってたの?」

「だって八年間、一回も連絡くれなかったんだもん。いつでも遊びに来てって言ったのに全く来ないし……旅館に泊《と》まりにきてくれればよかったのに」

「ご、ごめん」

拗《す》ねた態度をとる玲奈に、僕は思わず謝《あやま》ってしまった。

玲奈の実家は水沢《みずさわ》旅館という温泉旅館を営んでいる。それもあって両親が地元を動くことができず、女優として多忙《たぼう》になってからも中学卒業までは上京せずに地元で暮らしながら女優業をやっていたのだ。

最初の一年か二年は旅行で訪《おとず》れようかと思っていた。だけどあんな約束をして出てきたんだからまだ会うのは早いかな、なんて勿体《もったい》ぶっているうちに玲奈が子役として大ブレイクしてしまったのだった。

「でも僕も、玲奈にはすっかり忘れられてると思ってたよ。今や僕なんて比べ物にならない国民的な人気女優だし、それにほら。最初に話しかけたとき塩対応だったから……」

「ち、違うのっ！　あれは塩対応じゃなくて！」

「え？」

「海斗が水沢さん、なんて呼ぶから私のこと覚えてないのかなって不安になっちゃって、あと八年ぶりに会ったらすごくカッコよくなってるからドキッとしちゃって、咄嗟に逃《に》げちゃったというか……その……」

玲奈は気まずそうに目を逸らしながらそう言った。そんな子どもっぽい仕草は普段の玲奈からは想像もつかない、等身大の女の子だった。

僕は思わず、噴《ふ》き出してしまった。

「何か、イメージ違うね。普段の上品で落ち着いたいかにも天才女優って感じの玲奈しか知らなかったからさ」

「ああうん……あれは演じてるだけだから」

「え？　演じてる？」

「ほら……この喋《しゃべ》り方、これが自然体の私なの」

秘密を告白するように、照れた表情を浮かべる玲奈。だけど僕はすぐにはその言葉の意味がわからず、質問を投げかけた。

「どういうこと？　女優のブランドイメージを作るために私生活からメディア用の振《ふ》る舞《ま》いをしてるってこと？」

「そうじゃなくて……ほら、海斗は知ってるでしょ？　私がどんな性格なのか」

「いや、わからないよ。昔の玲奈は臆病《おくびょう》で引っ込み思案《じあん》な子だったけど、もう今は変わってると思うし」

「ううん、変わってないわ。今も私は昔のままよ」

そう言われても、僕は全く納得《なっとく》できない。

だって今までの二週間、さんざん見てきたのだ。

学校では完璧《かんぺき》な自己紹介《しょうかい》をして、あっという間に人気者になって、怒《おこ》るときも空気を乱さずに綺麗《きれい》に場をまとめていた。顔合わせのときも自己紹介で部屋全体を味方につけ、現場でも共演者やスタッフに笑顔《えがお》で接していた。

臆病どころか人付き合いの達人だった。

すると玲奈はそんな僕の心情を知ってか、ふうと息を吐《つ》いてから話し出した。

「私ね、海斗が引っ越してからすぐに芸能事務所のオーディション受けて、演技の素質は天才的って評価してもらえたんだけどそれと同時に人付き合いの能力が絶望的って言われちゃって。事務所入ってもずっと治らないから、九歳《さい》のときに前のマネージャーにアドバイスをもらったの」

「アドバイス?」

「そのままじゃ仕事に支障が出るから、いっそのこと人付き合いの上手な人の演技をしてみればいいんじゃないかって。ほら、私たち役者って演技は大得意じゃない。特に私は没入《にゅう》できるタイプだから……練習してみたら予想外にうまくいって」

「それで、天才女優としての完璧な振る舞いを演じて、人付き合いしてるってこと？」

「うん。日常生活で演じるのもずいぶん慣れたから、学校でも現場でも完璧な人付き合いを演じられるけど……でも、素で話そうとするとやっぱり無理で。こんなふうに素で喋れる相手なんてほとんどいないの」

「そうなんだ」

「本当に片手で数えられるくらいよ。お母さんお父さん、マネージャーの花梨《かりん》さん……」

玲奈はそんなふうに指を折ったあと――顔を上げ、恥ずかしそうに僕の方を見つめてから最後の一人の名前を口にした。

「それと……海斗」

同年代だと、唯一《ゆいいつ》挙がったのが僕の名前。

それは自分のことを特別な相手だと言ってもらえてるようで。

玲奈の反則級に可愛い微笑みを見せられると、胸の鼓動《こどう》は収まりそうになかった。

「海斗と喋るときは、こんなふうに素で喋ってても不思議と全然緊張しないかも。昔もそうだったからかも」

「そ、そうなんだ」

「幻滅《げんめつ》した？　天才女優なんて呼ばれててメディアではうまく振る舞ってるけど、中身はこんなものよ」

「ううん。むしろ親近感がわいたというか……玲奈のこと、完璧超人《かんぺきちょうじん》みたいに思ってたからさ。昔と変わらない幼馴染の女の子でもあるんだなって思えたし、それに、幼馴染とはいえ八年間も会ってなかったのに全部打ち明けてくれたのは嬉しいよ」

するとと玲奈は嬉しそうに相好を崩《くず》し、それから、ちょこっと体を動かして僕との距離を少し縮めた。太もものあたりがくっついてしまいそうな距離感で、玲奈は、甘えるような表情を僕に向けてきた。

「ね、もっと色んな話をしましょう。海斗とは話したいことたくさんあるし。何なら八年分、たっぷり溜《た》まってるもん」

「こっちこそ。僕も玲奈と話したいことはたくさんあるよ」

それから昼休みが終わるまで、僕たちは本当に色んな話をした。

芸能活動を始めるまでのこと、芸能界のこと、地元のこと、旅館のこと。そして、昔の思い出話をたくさん。

僕たちは八年間も会っていなかったのだ。メディアでのイメージを除けばお互《たが》いのことをほとんど知らないに等しい。その長すぎる期間を必死に埋《う》めようとたくさん話したけど、昼休みの短い時間では全然話は終わらなかった。

だからすぐに昔と同じ距離感を、というわけにはいかないにせよ、これから学校でも現場でも顔を合わせるのだ。少しずつ幼馴染の関係性を取り戻していけるだろう。

玲奈と昔みたいに仲良くできることをずっと夢見ていたから、嬉しさで舞い上がってしまいそうだったけど――

（ううん、まだこれで満足しちゃだめだ……）

そこで僕は、そんなふうに自分に言い聞かせていた。

本当はあのときの約束を果たすまで玲奈には打ち明けないつもりだった。玲奈が僕のことを覚えていてくれたことがわかってこんなふうになれたけど、だからといって約束がなかったことになるわけではない。

八年間ずっと目標にしてきたのだ。

玲奈と大舞台《おおぶたい》で再会して、一緒《いっしょ》に最高の作品を作ることを。

森田監督が大抜擢《だいばってき》してくれたとはいえ、今の僕は玲奈と並べるようなビッグな役者とは程遠《ほどとお》い存在だ。だけどせっかくこんなチャンスがやってきたのだから、最高の作品を作れるようにできる限りの力を尽《つ》くしたい。

そのためにも、まずは喫緊《きっきん》の課題である監督からの宿題を全力で解決しないと。

僕は改めて気を引き締《し》め直したのだった。

＊

そうしてその日の夜、僕は自室で書き込みだらけの台本と格闘《かくとう》していた。

「うーん……主演の演技、かあ……」

主演を演じるのは初めてだから、やはり勘所《かんどころ》がわからない。

僕が今まで演じてきたような脇役や端役《はやく》と違うことはわかるけど、具体的にどう演技を変えればいいのかは不透明《ふとうめい》なままだった。

お気に入りのドラマや映画を主演に注目して観《み》なおしてみたり、自分で色々な演技を試《ため》したりしてみたけど、どうにもしっくりこない。結局手詰《てづ》まりになってしまい、僕は椅子《いす》に座ったまま腕組《うでぐ》みしていた。

「誰《だれ》かに相談できればいいんだけど、主演をバリバリやってるような役者に知り合いはいないし……って、あれ？」

独り言を呟いている途中《とちゅう》で、僕は一人心当たりがあることに思い至る。

夜十時という遅めの時刻に連絡を入れることに少しためらいはあったものの、向こうも忙《いそが》しかったら後回しにするだろうしダメ元でメッセージを送ってみた。

〈ごめん、今ちょっと大丈夫？〉

そうして待っていると、すぐに既読《きどく》がついた。

〈大丈夫よ。どうしたの海斗？〉

そしてものの数秒でメッセージが返ってくる。僕は置いたばかりの携帯を慌てて手に取ってもう一度メッセージを送り返した。

〈この前の箇所《かしょ》でどうしても詰《つ》まってて、もしよければ演技の相談をさせてほしいんだけど……ごめん、図々《ずうずう》しいお願いをしちゃって〉

〈そんなことないわよ。共演者なんだし、何より私と海斗の仲なんだから。相談くらいいつでも乗るわ〉

〈いいの？　ありがとう玲奈！〉

〈それで相談ってチャットでやるの？　私としては電話繋《つな》いだ方がやりやすいんだけど〉

電話という言葉が出て、僕は少し硬直《こうちょく》してしまう。女の子と電話するという経験がほとんどない上に、相手は玲奈なのだ。だけどチャットのやりとりよりも効率が良いのは間違いないので、僕はそれでいいと返信した。

〈じゃ、私から電話かけるわね。ごめん、一分だけ待っててくれるかしら〉

それからちょうど一分して着信が入った。

電話に出てみると、なんとビデオ電話だった。

画面の向こうには肩にバスタオルをかけて、わずかに体を火照《ほて》らせた玲奈の姿が映っている。横に置かれたドライヤーを見るに、さっきまで髪《かみ》を乾《かわ》かしていたようだ。

『ごめん、ちょうどお風呂《ふろ》あがりで。髪乾《かみかわ》かしてるところだったの』

「そ、そうなんだ」

『こっちの映像映ってる？』

「え？　あ……うん」

普通《ふつう》に話してくる玲奈だけど、こっちはそれどころじゃなかった。プライベート全開のパジャマ姿に、何かいけないものを見ているかのような気になり、ドキドキしてしまう。

玲奈は僕の様子がおかしいことに気づいたのか、怪訝な顔を浮《う》かべた。

『……どうしたの？』

「いや、玲奈のパジャマ姿なんてメディアでも見たことなかったからさ。可愛くて見とれちゃってた」

僕が素直《すなお》に白状すると、玲奈はかあっと顔を赤らめてしまった。口をぱくぱくさせ、視線を泳がせ、明らかに挙動不審《きょどうふしん》になってしまう。

「あ、あれ？　玲奈、大丈夫？」

『か、海斗がいきなり変なこと言うからだもんっ！　ずるいずるい！』

子どもっぽく足をばたばたさせて抗議《こうぎ》の意を示した玲奈だけど、自分の行動が恥ずかしくなったらしく、更《さら》に顔を赤らめてしまった。いたたまれない空気になってしまい、玲奈は一度わざとらしく咳《せき》ばらいをした。

『え、えっと、本題に入りましょう』

「あっうん」

『この前の箇所っていうのは、森田監督から言われた改善点の話で合ってる？』

「そうそう。主演の演技っていうのがどうしても自分の中で見つけられなくて……ドラマとか映画を観なおして研究したり、自分なりに色々演技を試したりはしてみたんだけど」

『なるほどね』

「玲奈はたくさん主演の経験があるし、主演の演技が上手《うま》いと思うからさ。僕は演技下手だから玲奈のやってることを聞いてもそのまま活《い》かせはしないかもしれないけど、それでも心構えとか考え方は参考になるかなと思って相談してみたんだ」

さっきまでとは違《ちが》い、一気に役者の顔になる玲奈。表情は真剣《しんけん》そのものだった。

そんな玲奈は、僕の話を聞き終えると、不思議そうに首を一度捻った。

『いや……海斗って、演技上手いでしょ？』

そして当たり前のようにそう言った。

僕は思わず目を見開いてしまう。

「え、僕が？　演技上手い？」

『うん。正直今まで映像を観てるだけだとわからなくて、海斗の演技が上手いってイメージはあまりなかったんだけど……この前一緒に演じて思ったの。海斗と演技するとすごくやりやすいって』

玲奈はにっこりと微笑み、それから続けた。

『それで今までの海斗の出てる映像を観なおしてみたんだけど、海斗って本当に色んな工《く》夫《ふう》をしてるのね。目立つべき役の人がしっかり目立って、作品が最高のクオリティになるように緻密《ちみつ》に計算して演技してるでしょ？』

「あっ……うん、一応考えてはいるけど、わかるんだ」

森田監督《かんとく》と同じことを、玲奈はたった一日の共演で指摘《してき》してみせた。僕はそれにびっくりしていたけど、玲奈は笑顔で言葉を続けた。

『私は感覚派というか、役にどっぷり没入して周りのことはあまり考えずに演じちゃうタイプの役者だけど……海斗は俯瞰《ふかん》して演じられるタイプよね。全然違うタイプだけど、海斗はすごく良い役者だと思うわ』

「あ、ありがとう」

『だからあとは心構えだけだと思うの。確かにこの前の演技だと主演としては弱いなって思ったし、森田監督の指摘ももっともだと思うわ』

「心構え……か」

僕は一度玲奈の言ったことを反復し、それからふうと息を吐いた。

「参考までに、玲奈はどういう心構えでやってるの？」

『私？　主演のときは、もうとにかく誰よりも目立とうと思って現場に行くわ』

「誰よりも、目立つ？」

『だって主演ってそういうことじゃない。作品の中で一番目立って、一番輝《かがや》かなきゃいけない役、それが主演でしょ』

当たり前のことなのに、僕は頭をガツンと金属で殴《なぐ》られるような衝撃《しょうげき》を受けた。

そうか――僕は、目立っていいんだ。

今まで百回以上もオーディションに落ち続け、端役しかもらえず、玲奈との差は広がる一方で、自分に自信が持てない日々が続いていた。だからこそ僕は簡単に頭を切り替《か》えることができなかった。僕なんかが目立っても、作品は良くならない。無意識にそんなふうに考えてしまっていたのかもしれない。

だけど、今回の僕は主演なんだ。周りがどう思っていてもその事実は変わらない。

『どう？　何か掴《つか》んだって顔してるけど』

「うん。まだ具体的なイメージはできてないけど」

『それなら過去、自分が主演を演じたときの感覚を思い出すのがいいと思うわ』

「え？　僕に主演の経験はないよ？」

『ううん、あるでしょ』

玲奈はそう言うと、すぐにちょっと不安そうな顔をする。

『お……覚えてない？　私たち、昔一緒に劇に出たじゃない』

僕はびっくりした。玲奈が白雪姫《しらゆきひめ》のことを持ち出してくるとは全く予想できなかったから、反応がワンテンポ遅《おく》れてしまった。

「ああ、うん！　もちろん！　だけどあれは幼い頃の話だし、まだ演技のイロハもわかってなかったから……」

『そんなの関係ないわよ。あのとき海斗はまさしく主演の演技をしてたもん。ほら、初心に返るって意味でも掘《ほ》り下げてみるのは面白《おもしろ》いと思うわ』

「わかった、試してみるよ。ありがとう玲奈」

『うん。頑張ってね海斗、どんなふうに仕上げてくるか楽しみにしてるから！』

そうして僕たちは通話を終えたのだった。

＊

それから二日間、僕はひたすら練習に励んだ。

まずは玲奈にアドバイスを貰《もら》った通り、八年前の劇の記憶《きおく》を掘り下げた。あの頃の僕はとにかく目立ちたがり屋で、目立ちたいがために王子様役に立候補したのだ。それは僕が役者を志した最初の心持ちであり、そんな感情を取り戻したことは、僕の演技に予想以上の影響《えいきょう》を及《およ》ぼしていた。

役者人生の中で積み重ねてきた技術や経験を一度全て捨て、初心に返る。そうやって僕は主演としての輝き方を徐々《じょじょ》に掴むことができた。

だけどそれだけではだめだ。森田監督や玲奈が評価してくれた僕の武器は、全体を俯瞰して緻密に計算された演技のできるクレバーさなのである。それを失っては元も子もないから、僕は主演として輝く演技をすると同時に、今まで積み重ねてきた演技をしなければいけない。そのバランスの取り方はとても難しく、最後まで難航した。

結果的に——僕はこの二日間ほとんど寝《ね》ることができなかった。

だけどその代わり、当日は自信を持って現場に入ることができた。

現場入りするとまっさきに森田監督から声をかけられた。

「おはよう天野《あまの》、調子はどうだ？」

「あっ監督！　大丈夫《だいじょうぶ》です、準備はばっちりです」

「それはよかった。じゃあ今日は一発で決めてくれよ」

「はい！」

それからスタッフ陣《じん》や共演者たちが揃《そろ》うと、さっそく撮影《さつえい》が始まる。

前回と同じシーン、同じ構図なので、リハーサルはごく簡単に行うだけで、あっという間に本番に突入《とつにゆう》した。


『あれっ……そこにいたんだ、赤井君』


玲奈の演技は前回と全く同じ、いやそれ以上の純度の高さだった。この二日間できっちりと完成度を上昇《じようしよう》させ、たった一つの台詞《せりふ》で鳥肌《とりはだ》が立ってしまうほどのクオリティに仕上がっていた。

だけど今回は僕だって負けていられない。

間合い、距離《きょり》、画角。それらを徹底的《てっていてき》に気遣《きづか》うのは前回と同じだ。だけど今回の僕は、そこに主演としての演技を重ねていく。

『星宮？　何やってるんだよ、こんなところで』

『ふふっ、何でもいいでしょ？　乙女《おとめ》の秘密ってやつだよ』

立ち位置や振る舞い、声量と抑揚《よくよう》で自分自身を主演として輝かせる。それと同時に玲奈のことも引き立ててみせる。玲奈に言われて思い出した八年前の初めての演技、すなわち初心と、この八年間で培《つちか》った経験や技術を一つの演技の中に融合《ゆうごう》させるのだ。それを成《な》し遂《と》げられるよう、計算する。

それが僕の——僕なりの、主演の演技だ。

『まあ別に詮索《せんさく》したいわけじゃないけどさ……大丈夫か？　その、泣きそうだぞ』

『ずるいなあ赤井君は。そういうこと言っちゃだめだよ』

あかりの瞳《ひとみ》に一粒《つぶ》の雫《しずく》が宿る。その雫は一粒、また一粒と増えていき、やがてぼろぼろとこぼれ落ちる涙《なみだ》となる。

そんな涙をハンカチで拭《ぬぐ》い、俯いた顔を起こしてやるのが明久だ。

目をじっと見て、そして無表情のままで次の台詞を口にする。

それは最高に恰好《かっこう》良く。

それでいて、あかりにもスポットが当たるように。

『……泣いてる女の子を放っておけないだろ。ほら、何があったんだ？』

僕は最後の台詞を口にして、シーンが終わった。

一瞬《いっしゅん》、スタジオは静寂《せいじゃく》に包まれる。

「カットカット！　オッケー！」

そしてその静寂を破ったのは、森田監督の拍手《はくしゅ》だった。

「それだよ天野、その演技が見たかったんだ。よくこの短い間に修正できたな」

僕はその言葉を聞いてほっと胸を撫《な》で下ろす。

どうやらこの二日間の練習は身を結んだようだった。

周りを見回すと、スタッフたちは驚《おどろ》いた表情を浮かべていた。玲奈はにっこりと笑うと、親指を立ててグッドサインを送ってきた。

＊

その後の撮影も順調に進んだ。

多少の指摘は入るものの、大筋は問題ないようだった。十一時過ぎには午前中に予定していたシーンの撮影が終了《しゅうりょう》し、少し早いが僕たちはお昼休憩《きゅうけい》になった。

僕たちの楽屋は隣同士《となりどうし》だから、玲奈が僕の楽屋へと遊びに来た。楽屋に入るなり、玲奈は興奮気味に感想を伝えてくれた。

「すっごく良かったわ、海斗！」

「ありがとう。玲奈のアドバイスのおかげだよ」

「そんなことないわ。私、別に大したアドバイスはできてないし」

玲奈は照れくさそうに鼻をさする。

「でも海斗、本当にすごいわね。たった二日であれだけ演技を修正してくるなんて、私よりよっぽど天才よ」

「ああ、うん……」

「どうしたの？」

「いや眠《ねむ》くなっちゃって。この二日間、ほとんど寝てなかったからさ」

撮影が一旦終わって気が抜《ぬ》けたせいか、僕は急激な眠気《ねむけ》に襲《おそ》われていた。少しでも油断すると瞼《まぶた》が落ちてきてしまいそうになる。そんな僕の様子を見た玲奈は焦《あせ》ったように顔を歪《ゆが》めた。

「ご、ごめん海斗……わ、私、来ない方がよかったかしら？」

「いやそんなことないよ。どのみちお昼食べてから仮眠《かみん》しようと思ってたし、どうせならお昼は賑《にぎ》やかに食べたいからさ」

「そ、そう」

「大丈夫、話してるうちに少し眠気も飛んだから。ご飯食べよう」

楽屋に用意されたお弁当の包みを開け、箸《はし》を取り出す。

今日は幕の内弁当だった。

いただきますと手を合わせてさっそく食べ始めた僕を、玲奈はじっと見つめていた。

「海斗……徹夜《てつや》で練習してたんだ」

「え？　うん、まあね。一応自分の中で及第点《きゆうだいてん》くらいの演技はもっと早いうちに完成してたんだけど、できるかぎり磨《みが》こうと思ってたら結局寝る時間がなくなっちゃって」

「そうだったのね。気合い入ってるのはすごく良いことだけど、その、あんまり根詰めすぎないようにね」

「あはは……」

心配されてしまい、僕《ぼく》は思わず頭をかいた。

と、玲奈は小さく肩《かた》をすくめてみせる。

「まあ、気持ちはわかるけど。海斗にとっては今回初主演だし……出来栄《できば》え次第《しだい》で大きくキャリアに関わってくるわけだから。私も初主演のときはすっごく緊張《きんちょう》してガチガチだったもん」

「えっ？」

「それで気合い入ってるんじゃないの？」

間の抜けた声を出してしまった僕を見て、玲奈は首を傾げた。

そういえば、この作品は僕のキャリアにとって大事な初主演作品なんだっけ。

有希《ゆき》さんにも初主演の重要性を色々と説明されたのを思い出す。

「言われてみればその通りだけど、全然気にしてなかった」

「じゃあ何で寝る間も惜《お》しんで頑張ってたの？」

「それは、えっと、ちょっと言うのは恥《は》ずかしいんだけど」

「別に何を言っても笑ったりしないわ」

「じゃあ言うけど……」

僕は少しためらいがちに口を開いた。

「玲奈、覚えてる？　八年前の別れの挨拶《あいさつ》をしたときにさ、僕たち約束したんだよ。二人でビッグな役者になって、いつか大舞台で再会しようって」

今まで玲奈と話していて、約束の話は出てこなかった。だからもし玲奈が覚えていなかったら恥ずかしいなと思ったけど、この気持ちを伝えないわけにはいかなかった。

「僕はなかなか役者としての芽が出なくて、オーディションなんて百回以上落ちたくらいだけどさ……小さい頃から活躍《かつやく》してた玲奈を見て、いつか僕も売れっ子になってあの時の約束通り二人で最高の作品を作りたいってずっと思ってた。その目標があったからここまで頑張《がんば》れたんだと思う」

玲奈は僕のことをじっと見つめていた。僕が最後まで話し終わると、感激したように胸を手で押《お》さえた。

「海斗、ちゃんと覚えてたんだ。約束のことも」

そして、ゆっくりと続けた。

「私だって……ずっと楽しみにしてたんだから。海斗の出演作品は全部チェックしてたし、いつか昔みたいに共演して二人で作品を作りたいって思ってた。だからこうやって主演同士で共演できることになって、とっても嬉しい」

「……玲奈」

「ねえ海斗、改めて約束しない？」

「どんな約束？」

僕が尋《たず》ねると、玲奈はにっこり微笑んで答えた。

「一緒に頑張って、『初恋《はつこい》の季節』を最高の作品にしてみせる、っていう約束」

「いいね！　約束しよう」

「じゃあ海斗、ほら……昔みたいに、小指出して」

「あ、うん」

僕は言われるがままに小指を差し出した。そこに玲奈はぎゅっと小指を絡《から》めてくる。昔の光景がさあっと蘇《よみがえ》ってくるようで、僕は胸が熱くなった。八年前に結んだ約束は僕だけでなく玲奈もずっと胸に留《とど》めてくれていたし、それがこうやって新たな約束として引き継《つ》がれるのだ。

小指を離《はな》したあと、少しして玲奈は口を開く。

「こうやって約束したんだし、私、この作品を良くするためだったら何でもするわ。だから海斗、何かあったら遠慮《えんりょ》なく言ってね」

「な、何でも？　じゃあ一つお願いしたいことがあるだけど」

「あ、いや、えっちなこととかはなしだけど」

「違うよ！　この流れでそんなこと言わないって！」

ちょっと顔を赤らめた玲奈に慌《あわ》てて突《つ》っ込《こ》むと、そのあと僕は気を取り直してお願いを口にした。

「今までも知ってるつもりだったけど、実際に共演して玲奈の役者としてのすごさを実感したんだ。この前相談したときもすごく適確なアドバイスをくれたし……だからもっと演技を磨くためにも玲奈から色々学びたくて、もしよかったら練習に付き合ってくれないかな？　昼休みとかでいいからさ」

「もちろん。私も読み合わせとかは海斗が練習相手になってくれた方がやりやすいし」

「ありがとう、玲奈」

「じゃあ明日から毎日やりましょう」

「えっ？　ま、毎日？」

僕はびっくりする。

「僕はすごくありがたいけど……玲奈はいいの？　その、クラスの友達とお昼食べる時間とかなくなっちゃうんじゃない？」

「いいわよ。演技の方が優先だし……それに素で気軽に話せるのは、海斗だけだもん」

ちょっぴり唇《くちびる》を尖《とが》らせる玲奈は、ものすごく可愛《かわい》かった。

とにかくそんなわけで、それから僕たちは昼休みに二人で練習することになった。

＊

そして週明けの月曜日。

四時間目が終わると、玲奈のもとにクラスメートたちが集まっていた。

「水沢さん、私たちとご飯食べない？」

「いや、今日は俺《おれ》たちと食べようぜ」

最近は見慣れた光景である。

入学直後は圧倒的《あっとうてき》な存在感からやや敬遠されていた玲奈も、誰にでも優《やさ》しくお淑《しと》やかというイメージが浸透《しんとう》してからはクラスメートから気軽にお昼に誘《さそ》われていた。玲奈は特定の仲良しグループに所属しているわけではないため、日替《ひが》わりに色んなクラスメートとお昼を共にしているのだった。

みんな玲奈と一緒にお昼を食べたいため、争奪戦《そうだつせん》の様相を呈《てい》している。

いつもは玲奈がお弁当を持ってどこかのグループに入り、お昼を食べるのだが、今日の玲奈は申し訳なさそうにぺこりと頭を下げた。

「ごめんなさい、今日からお昼は天野くんとドラマの練習をすることになりまして」

「ええっ？　今日からずっと？」

「二人きりってこと？」

「はい。教室だとどうしても集中できないので、私の希望で二人きりになれる場所で練習することにしました。みなさんとお昼が食べられないのは残念ですが……撮影がオールアップになるまでの間は続ける予定です」

教室は阿鼻叫喚《あびきようかん》となった。

玲奈が周囲を気にすることなく僕の方に駆《か》けてきてぎゅっと腕《うで》を引っ張るものだから、あちこちから嫉妬《しっと》と羨望《せんぼう》のこもった眼差《まなざ》しが飛んでくる。視線が痛い。

「水沢さんを一人《ひとり》占《じ》めかよ」

「いいなあ、天野君……」

「職権濫用《らんよう》だぞ！　密室であんなことやこんなことするつもりじゃないだろうな！」

クラスメートの注目を一手に抱《かか》えたまま、僕たちは教室を出たのだった。

誰もいない屋上にやってくると、僕はようやく息をついた。

「はあ……本当に人気だよね、玲奈は」

改めてそのことを実感させられた僕。

教室に戻《もど》ってからどうなるかを考えるだけで胃が痛くなりそうだった。

「絶対あとでみんなから詰められるよ……」

「ごめんね海斗」

「いや、いいよ。それだけ僕はおいしい思いをしてるってことだし」

とびきりの美少女と二人きりでご飯を食べられる上に、天才女優と一対一で練習をすることができる。クラスメートたちから多少詰められるくらいなら余裕《よゆう》でお釣《つ》りが来るほどの役得だ。

「それで、どういう感じに進めるのがいいかしら。ご飯食べるのを先にする？　それとも練習を先にする？」

「そうだなあ……僕は最初に練習の方をやりたいかな。少なくとも今日撮影するシーンは一回通しておきたいし」

「そうね。そうしましょうか」

僕たちはベンチに腰《こし》かけると、お弁当を一度脇《わき》に置いて手元に台本を開いた。そしてさっそく読み合わせを始めた。

読み合わせのときの玲奈は本番みたいに役にどっぷり浸《つ》かるのではなく、普通に声に出して読むという感じだ。でもテンポや抑揚は完璧で、自分一人で練習するよりも圧倒的に効率良く演技の勘所を掴むことができる。

一度全体を通したあと、玲奈は質問を投げかけてきた。

「海斗、この場面ってどう解釈《かいしゃく》してる？」

「え？　あ、うんちょっと待ってね」

自分の台本を開き直してから、僕は自分なりの解釈を説明した。話し終えると玲奈は感心したように一度頷《うなず》き、真っ白な台本に鉛筆《えんぴつ》で何やら書き込んだ。

「さすが海斗、よく考えてるわよね。勉強になるわ」

「そういえば玲奈の台本ってほとんど書き込みとかないよね」

「前も言ったけど私は感覚派だから、台本を繰《く》り返し読んで役のイメージに入り込めればそれで完成なの。細かいところを一つ一つ詰めていくって感じじゃないから、あんまり書き込みとかはしないのよ」

「す、すごいなあ」

「でも……海斗と共演するようになってから、ちょっと変えてみようかなと思ってるの」

台本に視線を落としていた玲奈は、そう言って僕の方に顔を向けた。

「海斗みたいな演技できたら、もっともっと幅《はば》が広がるんだろうなと思って。今の私の演技だとどうしても自分中心になっちゃうというか、役に引っ張られて作品とか周りのことを気にすることができないもん」

「でもそれは役者のタイプなんだから、別にいいんじゃないの？　実際、玲奈の演技はびっくりするくらい上手だと思うし」

「私も今まではそう思ってたんだけど……海斗はたった二日で自分の演技を作《つく》り替えたじゃない。それを見て、私もやってみたいなって思ったの」

「すごい向上心だね。まだ上手くなりたいんだ」

「うん。だって私、日本一演技の上手い女優を目指してるから」

玲奈はさらっと、とんでもない告白をした。

「日本一演技の上手い、女優？」

「そうよ。今まで共演してこの人には敵《かな》わないなって思った先輩《せんぱい》、たくさんいるけど……もっともっと上手くなって、人気だけじゃなくて実力で日本一になってみせる。それが今の私の目標なの」

「すごい……大きな目標だね」

「だから海斗はこの前、私から学びたいって言ってたけど……私も、海斗からたくさん学ばせてもらうつもりだから！　覚悟《かくご》してね！」

その宣言通り、玲奈はそれからもたくさん質問をしてきた。逆に僕の方からも玲奈に質問をぶつけ、演技論で盛り上がっていたけれど、そんなことをしているとあっという間に昼休みはなくなってしまう。

予鈴《よれい》まで残り十五分ほどになったところで、一度切り上げてお昼を食べることにした。

玲奈はコンビニのサラダと総菜パン、僕は自分で作ってきたお弁当だ。

「……そういえば海斗、再来週の予定聞いた？」

パンをかじりながら、玲奈は尋ねてくる。

「うん、昨日有希さんから連絡《れんらく》もらったよ。すっごい楽しみ」

「私も！」

玲奈は嬉《うれ》しそうに笑《え》みを浮かべた。

再来週の土日、僕たちは一泊《ぱく》二日で遠出の仕事をすることになっていた。土曜日の朝に飛行機で東京を発《た》ち、日曜日の最終便で帰ってくるという過密スケジュールだ。

二日目は丸々ロケ撮影だけど、一日目はバラエティ撮影がメインである。

僕たち役者は演技だけしていればいいわけではなく、番宣のために色々協力しなければいけない。その一つがバラエティ番組へのゲスト出演で、同じ局の番組にあちこち顔を出して放送直前期にドラマの存在を認識《にんしき》してもらうのだ。

そして今回出演するのは街ブラ番組の特番だった。『初恋の季節』から主演の僕と玲奈がお邪魔《じゃま》して、玲奈の地元を紹介《しょうかい》するという企画《きかく》内容が組まれていた。

「海斗、本当に八年ぶりでしょ？」

「うん。こんな形で行くことになるとは思わなかったよ。やっぱり八年前とはずいぶん街並みも変わってるよね」

「当たり前じゃない。最近大きなショッピングモールができたし、店もずいぶん入れ替わったわ。ただ昔と全然変わってないところもたくさんあると思うわよ」

「楽しみだなあ。仕事とはいえ、玲奈が街を案内してくれるんだもんね」

上京してくるまでは、ファンが殺到《さっとう》しないためにも玲奈は実家が旅館を営んでいることを隠《かく》していた。つい最近レギュラーで出演している他局のバラエティ番組で実家のことを喋《しゃべ》り、話題になっていた。

そんな需要《じゅよう》に応えるために組まれたのが今回の企画らしいけど、僕にとってもまさに重畳《ちょうじょう》だった。八年ぶりに玲奈と再会することができて、機会があれば懐《なつ》かしい場所を一緒に歩いてみたいと思っていたのだ。ただプライベートで誘うのはさすがにハードルが高すぎるので、こんな機会でもなければ実現しなかっただろう。

「そうだ、海斗、宿ってもう取ってるの？」

「あーどうなんだろう。有希さんに聞いてみるね」

携帯《けいたい》でメッセージを送ると、すぐ返信が返ってきた。まだ取っていないとのこと。

それを伝えると、玲奈はちょっぴり恥ずかしそうに尋《たず》ねてきた。

「じゃ、じゃあ……もしよかったらうちに泊《と》まらない？」

「え？　水沢旅館に？」

「うん。海斗、私の部屋にはしょっちゅう来てたけど旅館にお客さんとして泊まったことはなかったでしょ」

「いいね！　でも玲奈がテレビでエピソードトークに使ってから水沢旅館は予約が殺到してるって聞いたけど大丈夫なの？」

「私が直接お母さんに伝えておくから大丈夫よ。予約の方は任せてちょうだい」

「ありがとう。じゃあ有希さんにそう伝えておくね」

僕はわくわくしていた。

八年ぶりに生まれの地に帰り、玲奈が案内してくれるのだ。そして初めて水沢旅館にも泊まる。仕事ではあるけれど、再来週の週末が今から待ち遠しくて仕方なかった。

＊

それから二週間後。

とうとうやってきたその日、僕は小さなスーツケースを持って朝早くから電車に乗っていた。予定では空港で有希さんと合流して二人で搭乗《とうじょう》し、現地でレンタカーを借りて収録の集合場所まで移動するということになっていた。

しかし――空港に着いたタイミングで、有希さんから電話がかかってきた。

『ごめん天野君……朝起きたらすごい熱出ててさ、ちょっと行けそうにないかも』

「ええっ？　大丈夫ですかっ？」

『這《は》ってでも行こうと思って頑張ったんだけど、熱が八度五分まで出ちゃってさすがに無理そう。本当にごめん』

「いえ気にしないでください。最近の有希さん、激務でしたもんね……」

僕が主演に抜擢《ばってき》されるまで、有希さんは僕を含《ふく》めた何人かのタレントの掛《か》け持ちでマネージャーをやっていた。僕が主演になってからは仕事量が激増したため専属になったのだけど、他のタレントの引継《ひきつ》ぎもあって大変そうにしていたのは知っていた。

電話越《ご》しの有希さんはかなり元気がなさそうで、心配になってしまう。

『それで今日明日のことなんだけど、花梨にまとめてお願いすることにしたから。天野君って花梨とは初対面だっけ？』

「いえ、現場で少しだけお話させていただいたことはあります」

『そっかそっか。花梨は水沢さんと一緒《いっしょ》に一本先の便で出発してるらしいから、現地で合流してもらえる？　細かいことはまたあとでチャットするね』

「ありがとうございます、有希さん。ゆっくり休んで治してください」

『うん……天野君も頑張ってね。じゃあバイバイ』

電話を切ると、僕はとりあえずチェックインの手続きに向かった。

航空券が電子チケットだったので助かった。あまり余裕のない時間設定だったためすぐに搭乗口《とうじょうぐち》へと向かい、ソファーに座《すわ》って隙間《すきま》時間に台本を読んでいると、そのうちに出発時刻となる。

そして一時間半ほどの空の旅が終わると、とうとう到着《とうちゃく》した。

有希さんから送られた情報を頼《たよ》りに外に出てレンタカーを探す。

後部座席の窓は黒いプライバシーガラスが貼《は》られているため玲奈の姿は外から見えなか

ったけど、車のナンバーと運転席に座る花梨さんですぐに見つけることができた。

「おはようございます！」

「おはようございます天野さん。うちの姉がご迷惑おかけしてすみません」

「いえ、むしろ僕の方こそ厄介《やっかい》になって申し訳ないです。か……じゃなくて、白石《しらいし》さん」

「花梨でいいですよ。姉と同じ白石ですから苗字《みょうじ》で呼ぶのも変な感じでしょう」

「あ、わかりました花梨さん」

花梨さんは有希さんの妹だけど、性格は全然似ていない。いつも飄々《ひょうひょう》とした感じの有希さんと違ってすごくかっちりしている。すらっとした美人で眼鏡をかけており、いかにも仕事ができる人という印象だ。

後部座席に乗り込むと、隣《となり》に座る玲奈が小さく手を振《ふ》ってくれた。

「おはよう海斗」

「おはよう玲奈。ごめんね、プライベートな時間を邪魔することになっちゃって。迷惑じゃなかった？」

「ううん、そんなことないわよ。海斗が隣にいた方が楽しいもん」

それは言葉だけではなく、実際に玲奈はうきうきしている様子だったので、僕も嬉しくなってしまった。

僕が乗るとレンタカーはすぐ出発する。

空港からは近く、車で十分もかからない。

僕たちは後ろで談笑《だんしょう》していたけど、信号で止まったタイミングで花梨さんは後ろを振り向いて話しかけてきた。

「お二人ともずいぶんと打ち解けられたみたいですね」

「あ、はい！」

「水沢さんが同年代の人と生き生きと話しているところ、初めて見ました。天野さんもご存じだとは思いますけど、この子メディアのイメージと違《ちが》ってすごくシャイというか、素で人付き合いするのが苦手な子なので……」

そう言ったあと、花梨さんは柔《やわ》らかい笑顔《えがお》で続ける。

「でも、本当に良かったです。最初はしばらくうまくいってなかったということを水沢さんから聞いていたので」

「そうだったんですか」

「この子ったら入学式の前日には意気揚々《いきようよう》と言ってたんですよ、天野さんと再会を祝してご飯でも食べに行くから調整してくれって。それでわたしがスケジュールの調整と個室のあるお店のセッティングまでしてたのに、結局まともに会話すらできなかったって半泣きで帰ってきましたもんね」

「わああっ！　そんなこと言わないでっ！」

玲奈は耳を押さえ、顔を真っ赤にして叫《さけ》んだ。だけど花梨さんは更《さら》に続ける。

「わたしも大変だったんですよ。天野さんと面と向かうと緊張しちゃってうまく喋れないとか、忘れられちゃったかもとか、毎日のように泣き言を聞かされてましたからね。それでいて姉を通じて動こうとしたらそれはやめてくれって言われるし……」

「も、もう勘弁《かんべん》してっ！　それ以上変なこと言ったら怒《おこ》るからね、花梨さんっ！」

「あはは……そうだったんだ」

玲奈のそんな姿がすごく想像できてしまい、僕は思わず笑ってしまった。玲奈はぷくうと頬《ほお》を風船のように膨《ふく》らまし、僕の腰あたりをちょんちょん突っついてきた。

「海斗、笑いすぎ！」

「ご、ごめん」

「もーう、ちゃんと口止めしとけばよかった……」

そう呟《つぶや》く玲奈の横顔はまだ赤みを帯びていた。

そのうちに現場に到着し、駐車場《ちゆうしやじよう》に車を停《と》めてから僕たちは外に出た。

そこで僕は思わずため息をついてしまった。

「うわあ……本当に懐かしいな」

広がっている景色はとても見覚えのあるものだった。懐かしい街。幼い頃《ころ》の思い出が頭を駆け巡《めぐ》り、僕はあっという間にノスタルジックな気分へと誘われた。

ロケバスの停まっている場所で僕たちは番組スタッフと合流し、番組のレギュラー出演者である芸人さんの下へ挨拶に行った。

「ご無沙汰《ぶさた》しています、水沢です。今日はよろしくお願いします」

「は、はじめまして、天野です。よろしくお願いします」

「おお、二人ともよろしく。水沢ちゃんは久しぶりだね、いつぶりだっけ」

「一年前だと思います。杉野《すぎの》さんの冠《かんむり》番組にゲストとして呼んでいただきました」

「そうか、もうそんなに前か。あの回評判だったよ、ぜひまた来てほしいな」

「ぜひぜひ！　マネージャーにお伝えしておきますね！」

玲奈はばっちり天才女優モードである。芸歴二十年を超《こ》え、今や十本以上のレギュラー番組を持っている売れっ子芸人の杉野さんにも全く物怖《ものお》じせずに愛想《あいそ》よく歓談《かんだん》している。

そんな様子を横で眺《なが》めていると、杉野さんは僕にも話を振ってきた。

「天野くんは今回水沢ちゃんとW主演でドラマ出てるんだよね。今日は水沢ちゃんが地元を案内してくれるわけだけど、けっこう興味あるでしょ」

「あ、はい。その……実は僕も六歳《さい》の頃までこの街に住んでいて」

「そうなの？　あれ、そんなことスタッフ言ってなかったけど。それじゃもしかして二人って昔からの知り合いってこと？」

「そうです。といっても八年間会ってなくて、再会したのはちょうどこのドラマのオンエアが決まったときなんですけど」

　すると杉野さんは興味を惹《ひ》かれたようにぐいっと目を見開いた。

「へー、めっちゃおもろいじゃん。八年ぶりの再会が主演同士での共演って、ドラマよりドラマチックなんじゃない？」

　杉野さんはぱんと手を叩《たた》いた。

「よし、それ今日使おう。オープニングのあとでうまく話振《ふ》るから、水沢ちゃんの地元紹介っていう感じで始めたあとにそのネタぶっこんでみよう」

「え？　あ、でも……これ言っていいのかよくわからなくて」

　玲奈と話したことはないけれど、僕たちが幼馴染《おさななじみ》であることを公言するのは嫌《いや》がられるんじゃないかなと僕は勝手に考えていた。今まで玲奈はメディアなどでも僕の話をしたことはなかったから、意図的に隠しているのだと思っていたのだ。

　しかしそうすると杉野さんは不思議そうに首を捻《ひね》った。

「絶対言った方がいいと思うけどな。視聴者《しちょうしゃ》ってそういう役者同士の人間関係大好物だからさ。番宣のために来てるんならなおさらそういう面白《おもしろ》いネタ出しといた方がいいって」

「そ、そうですかね……」

「ま、最悪編集でカットすればいいし。ちゃんとカットできるようなぶっこみ方をするから、そこは俺に任せてくれ。だから入れよう」

そう言うと杉野さんは去っていった。

二人きりになったところで、僕は玲奈に直接尋ねてみた。

「玲奈、大丈夫なの？」

「何が？」

「その……僕と幼馴染だってことは公言したくないんじゃないかなと思って」

「ええ？　ど、どうしてそんな話になるの？」

「いや、だって今までテレビとかで僕のこと隠してなかった？」

「べ、別に隠してたわけじゃなくて！　ただ……その、海斗に聞かれたら恥ずかしいなと思って言えなかっただけなのっ」

僕は思わず目をぱちくりさせてしまう。

「恥ずかしい……？」

「う、うん」

「そうだったんだ」

そう言われると玲奈らしいかもしれない。玲奈はちょっぴり決まり悪そうに視線を泳がせたあと、口を開いた。

「一応花梨さんにも確認《かくにん》してみるけど、特に事務所NGは出てないし大丈夫《だいじょうぶ》なはずよ。私としてもさっき杉野さんが言ったように話題になることのポジティヴな効果が大きく出ると思うし」

「うんうん」

「それに……これがきっかけで海斗と一緒に呼ばれる仕事が貰《もら》えるようになったら、一緒にいられる時間もっと増えるもん」

上目《うわめ》遣《づか》いでそんなことを言う玲奈は、とても可愛くて。

僕は不覚にもドキドキしてしまったのだった。

＊

「では本番行きます、三、二、一」

「始まりました！　『杉野とぶらり旅』、今日は二時間SPということで一発目はなんとあの超売《ちょうう》れっ子《こ》女優の生まれ育った街に来ております！　まずはゲストをお呼びしましょう！」

僕と玲奈のメイクや打ち合わせが終わり、本番が始まった。杉野さんはカメラ外で喋っていたときとは比べ物にならないくらい声を張って、はきはきとカンペを読み上げた。

「今最も売れてる若手女優・水沢玲奈さん！　そしてその水沢さんと来週放送開始の新ドラマ『初恋の季節』で共演する天野海斗さん！　お二人に来ていただきました！」

「水沢玲奈です、今日はよろしくお願いしまーす！」

「天野海斗です、よろしくお願いします！」

オンエアされるのは第一話のオンエア一週間前だから、台詞《せりふ》もそれに合わせたものとなっていた。杉野さんの元気なキャラクターと玲奈の上品で落ち着いたトークで、オープニングトークは盛り上がりを見せる。

そのうちに見物人がどんどん増えていった。

玲奈を見つけると老若男女《ろうにゃくなんにょ》が足を止めるのだ。まさしくこの街出身の大スターである。

オープニングトークが終わると、僕たちは移動となる。

「じゃあさっそく案内してもらいますか。まずはどこを案内してくれるの？」

「こちらの商店街です！　私が通ってたお店もたくさんあるので、お二人にもぜひぜひ紹介させてください！」

玲奈は両手を大きく広げ、満面の笑みを浮《う》かべた。

歩き出してから僕は店構えを眺めていた。

昔と全然変わっていない。走り回っていた玲奈が躓《つまず》いて大泣きした段差、果物をたくさんおまけしてくれる八百屋、美味《おい》しそうな匂《にお》いを漂《ただよ》わせているたい焼き屋……たくさんの店と懐かしい景色がある。昔に比べて少しシャッターの閉まっている店は増えた気もするけど、なんだか八年前に戻ったみたいな気分になる。

と、そこで、脇のお店から声が飛んできた。

「おーい！　玲奈ちゃん玲奈ちゃん！」

「あ、おばさん！」

「なになに、ロケやってるの？　うちの店寄っていってくれよ！」

玲奈に対して気さくに声をかける店員。それを見た杉野さんは玲奈に尋ねる。

「よく来る店なの？　水沢ちゃん」

「はい、お肉屋さんなんですけど美味しいコロッケがあるんです。学校帰りとかによく買ってました」

「よおし、それじゃあ寄ってみようか」

話の流れで僕たちはその店で一人一個コロッケを購入《こうにゅう》することになった。

ちょうど揚《あ》げたてだというコロッケを店員が一人ずつ手渡《てわた》してくれたけど、そこで僕と目があったとき、店員はびっくりしたように目を見開いた。

「あれ、海斗くんじゃないか。久しぶり、おばちゃんのこと覚えてる？」

「あ、はい！　本当にお久しぶりです！」

僕も昔何度か玲奈と一緒に来たことがあったので、うろ覚えではあるが記憶《きおく》があった。するとそこで動いたのは杉野さんだ。予定ではどこかでぶち込むはずのネタがぽろりと出たけれど、すぐに合わせてくれた。

「え？　どういうこと、もしかして天野くんもこの街出身なの？」

「はい。実は六歳まで住んでいて、水沢さんと同じ幼稚園《ようちえん》、小学校に通ってたんです」

「何だ何だ、そういうのは先に言ってくれよ！　それじゃあ二人は幼馴染ってことか！」

一度聞いた話をさも初見のように話すのはまさしくプロだった。

杉野さんは色々と質問を投げかける形で話を引き出してくれた。僕たちが幼馴染だけど僕の引っ越《こ》し以来全く連絡を取っておらず、八年ぶりの再会がドラマでの共演になったということを、僕たちは自然な流れで話すことができた。

それから僕たちは色々なところを回った。商店街を通過すると、玲奈が通っていた学校や地域の観光名所を経て僕たちが昔『白雪姫《しらゆきひめ》』を演じた市民ホールへやってきた。

約束の話はまだ喋っていなかったため、市民ホールでは玲奈が子役時代に出演した舞台《ぶたい》のエピソードを披露《ひろう》し、その間僕はあの頃の思い出に浸《ひた》っていた。

「一旦休憩《いったんきゅうけい》入りまーす！」

市民ホールでの撮影《さつえい》が終わると、最後のロケ地である水沢旅館を前に少し長めの休憩《きゅうけい》が入った。見物人が多すぎて外では休憩できないため、僕たちはスタッフに道を作ってもらい花梨さんのレンタカーの中へと戻った。

花梨さんは他のスタッフとの打ち合わせのために外に出ていたから、車内は僕と玲奈の二人きりだ。

「いやー、本当に懐かしいね。『白雪姫』のことはこの前演技のために随分頑張《ずいぶんがんば》って思い出したつもりだったけど、ここに来たらまた色々思い出したよ」

「海斗は何が一番印象に残ってるの？」

「うーん、あれかな。玲奈が白雪姫に立候補した理由が、僕と他の女の子にキスしてほしくないっていう可愛い理由だったのはすごく覚えてるよ」

「そ、それは絶対忘れてっ！」

玲奈は顔を火照《ほて》らせて僕《ぼく》の肩《かた》をぐいぐい揺《ゆ》らす。

「別に何とも思わないよ、小さい頃の話だし。懐かしいなあ、あの頃の玲奈、僕のことが好きとか結婚《けっこん》するとか言ってくれてたよね」

「う、うん……」

「でも考えてみれば『白雪姫』も『初恋の季節』も、どっちもキスシーンがあるんだね。『白雪姫』の方はキスするふりをしただけだったけど」

そんな奇妙《きみよう》なつながりに何となく運命的なものを感じてしまいそうになった僕だけど、そこで玲奈がぽつりと呟いた。

「そ、そっか……あんまり考えてなかったけど、私たち、キスシーンをやるのよね」

「え？　あ、そ、そうだね」

改めて玲奈の口から言われると、ドキリとしてしまった。

その赤く艶《つや》めいた唇に、どうしても目がいってしまう。

玲奈と……キス……

これはあくまでも仕事だ。それはわかっているんだけど、どうしても邪《よこしま》な妄想《もうそう》が頭を支配してしまう。こんなに可愛い幼馴染の女の子とキスをするのだ。正直変な意識をするなっていう方が無理な話だと思う。

「や、やっぱり緊張《きんちょう》するよね！　いくらキスの経験があっても、キスシーンってなると勝手は違うだろうし！」

気まずい空気を打破するため何か喋ろうと口を開いた僕だったけど、すると玲奈はびっくりしたように目を見開く。

「ええっ？　か、海斗、キスしたことあるの……？」

「え、いや僕はないよ！　恋人《こいびと》すら作ったことないし……ただ玲奈はあるんじゃないかと思って言っただけで」

「私もないわよっ！　何度も言ってるでしょ、こんなふうに素で喋れる同年代の人って海斗くらいしかいないんだから。恋人以前の問題よ」

「そ、そっか……」

「でも、そしたら私たち、今回のキスシーンがお互《たが》いにファーストキスってことね」

話せば話すほど恥《は》ずかしくて死にそうだった。僕はもう玲奈のことを直視できなくなってしまっていた。

「ごめんね、僕なんかがファーストキス貰っちゃって」

「べ、別に……演技の一環《いっかん》だし、何とも思わないもん」

口ではそう言いながらも玲奈の頬は真っ赤になっていた。やっぱり天才女優と言われてる玲奈だって演技は演技と割り切ることはできないようだった。僕たちはお互いに黙《だま》り込んでしまい、車内には気まずい沈黙《ちんもく》が流れる。

そんな異様な空気に、打ち合わせを終えて運転席へと乗り込んだ花梨さんは苦笑《くしょう》交じりに尋《たず》ねてきた。

「あの……まさかとは思いますが、えっちなことしてたわけじゃないですよね？」

「「ち、違いますっ！」」

僕たち二人は、声を揃《そろ》えて、全力で叫んでいた。

＊

とにかく休憩を終え、最後にやってきたのは――水沢旅館である。

歴史のある建物に水沢という達筆な文字で書かれた大きな看板。建物の外にどんと広く構えた駐車場。

変わらない姿だったけど、変わっている部分もあった。駐車《ちゅうしゃ》してある車の数は昔はまばらだったのに今はぎっしりと満車だ。しかも県外ナンバーの割合が多かった。

「では本番移らせていただきます、お願いします！」

玲奈のエピソードトーク以降、観光客が殺到している場所だ。テレビ的には一番視聴者の興味を惹ける部分であり、しっかりとした撮《と》れ高を作るために外観だけでなく建物内の見学や食事の味見などいくつかのコーナーが用意されていた。

しかし水沢旅館を訪《おとず》れている客の多くは熱心な玲奈のファンである。

そんな中、本人が突然《とつぜん》現れたらどうなるかは火を見るより明らかで。

ロケを始めてすぐ、人だかりができて大騒《おおさわ》ぎになってしまった。

「きゃー！　水沢玲奈が来てる！　やばいやばい！」

「まじかよ、ラッキーすぎるな！」

「うわあ……本物まじで可愛い……」

男性ファンからはどよめき、女性ファンからは黄色い歓声《かんせい》が飛び、スマホでの撮影タイムが始まる。僕や杉野さんにはほとんど誰《だれ》も見向きもしない。ロケが円滑《えんかつ》に進行できないほどの収拾《しゅうしゅう》がつかない事態になってしまう。

するとそこで動いたのは玲奈本人だった。ゆっくりと前に出ると、続々と集まってくる宿泊客《しゅくはくきゃく》たちに向かってぺこりと頭を下げ、透《す》き通った声で言った。

「皆《みな》さん、本日は水沢旅館にはるばるお越しいただきありがとうございます。本当なら今すぐ皆さん一人一人にご挨拶《あいさつ》させていただきたいのですが……これからロケの撮影がありまして、そのあとゆっくりとご挨拶させてください。申し訳ありません」

玲奈が喋り始めるとがやがやしていたのが一瞬《いっしゅん》で静まり、すうっと玲奈の声が伝わっていった。

玲奈の言葉は魔法《まほう》のようだった。

強い言い方をすることもなく、ただ少し喋っただけで、見物人たちはロケを邪魔しないようにと続々と引き返していった。そのおかげで僕たちは問題なくロケを始めることができたのだった。

ロケはそれから一時間ほどで終わり、その場で解散となって杉野さんやスタッフたちは帰っていった。残されたのは僕と玲奈、花梨さんの三人だけど、そこで玲奈は有言実行を果たした。

本当に、お客さん一人一人と時間をとったのだった。

「すみません写真撮ってください！」

「はい！　何かポーズでも取りますか？」

「握手《あくしゅ》とかってしてもらえませんか？」

「いいですよ！」

「あの……大ファンで、会えると思ってなくて、ほんと泣きそうです……」

「ありがとうございます、私もお会いできて嬉しいです。これからも応援《おうえん》してください！」

もはやお祭り騒《さわ》ぎだった。旅館の宿泊客全員が外に出てきているのではないかと思うくらい、表は大賑《おおにぎ》わいだった。ざっと見渡《みわた》しても百人近くの人で、花梨さんが頑張《がんば》って列を整理していた。

まさに神対応というやつで、写真でも握手でもサインでも玲奈は全てニコニコ顔で応じていた。ファンの熱量はとんでもなく、感極《かんきわ》まって泣き出す女の子が何人もいた。

僕はそんな様子を、見物している宿泊客たちに紛《まぎ》れて眺めていた。当然ながら僕に声をかけてくれる人はほとんどいないため、じっくり見ることができた。

玲奈の姿は、輝《かがや》かしいスターだった。

応対は日が暮れるまで続き、一人目の応対からたっぷり二時間も経《た》った頃にようやく列が途切《とぎ》れた。玲奈はまだ残っている見物人たちに、一切《いっさい》疲《つか》れを見せることなく気持ちの良い笑顔を向けた。

「ありがとうございました！　私はこれで失礼しますが、ぜひこのあとも水沢旅館をお楽しみいただけると嬉しいです！」

その言葉で、わあっと拍手《はくしゅ》が起きた。

　花梨さんに連れられて一度僕たちは車に戻《もど》った。

「お疲《つか》れ様《さま》です。すごいファンサービスでしたね、あんなの初めてじゃないですか？」

「だって、うちの旅館に泊まりに来てくれた人たちだもん。でもごめんね、海斗も花梨さんも私に付き合わせちゃって」

「ううん、僕は全然いいよ。見てて楽しかったし」

「わたしはマネージャーですし、当然付き合いますよ。それに水沢さんのファンを大切にする気持ちは、ぜひこのまま持ち続けてほしいと思います」

　僕の前では等身大の女の子で、時々子供っぽいところを見せたりもするけど、やっぱりとんでもないスター性を持った人気女優なのだ。

　改めてそんなことを思わされた僕だった。

「それでこれからのスケジュールなんですが……わたしは空港近くのホテルを予約していますので、また明日の早朝にこちらまで車で迎《むか》えに来ますね。それですみません姉から共有していなかったんですが、天野さんはどちらのホテルを予約されているんでしょう？」

「あ、僕は今日ここに泊まることになってて」

「私が勧《すす》めたの！　海斗、うちにお客さんとして泊まったことはなかったから、泊まってみたらって」

「なるほど。わかりました」

結局花梨さんは一人でレンタカーを運転して水沢旅館をあとにした。僕は玲奈に連れられて従業員用の入口から旅館の建物に入った。

そこは従業員の休憩室《きゅうけいしつ》であり、ちょうど女将《おかみ》である水沢母が待機していた。

「お母さん、ここにいたんだ」

「久しぶりに帰ってきたと思ったら、騒ぎを起こすのはやめてくれるかい？　お客さん誰も戻ってこないから夕食の時間をずらすはめになったよ」

「えっ……ご、ごめん」

「まあ、別にいいんだけど。お客さんはみんな大喜びだったし」

その言葉に玲奈はほっとしたように胸を撫《な》で下ろす。水沢母はというと、隣に立っている僕の方を見て相好を崩《くず》した。

「あら、海斗君。久しぶりだねえ」

「あ、はい！　お久しぶりです！」

「昔はしょっちゅう遊んでくれてたけど、見ないうちに大きくなったねえ……おまけに男前になっちゃって、うちの娘《むすめ》がころっと落とされてやしないかな？」

「お母さん、からかうのはやめてっ！」

玲奈はぎゅーっと裾《すそ》を引っ張る。水沢母はそんな娘の姿をにやにや見つめていたが、やがて僕に尋ねてきた。

「それで海斗君は今日、これからどうするんだい？」

「え？」

驚《おどろ》いたのは玲奈である。

「私、言ったわよね？　海斗はうちに泊まるから部屋空けてって」

「あらま、そうだったのかい。ロケで行くから部屋を空けてほしいっていうから、てっきりあんたの部屋を片付けとけって意味だと思ってたよ」

「じゃあ……もしかして、空き部屋ないの？」

「ああ。おかげさまで連日大盛況《だいせいきょう》、今日も満室だよ」

ということは、僕の部屋はないということだ。

おっとりとした口調で言う水沢母に、玲奈は頬を膨らませて抗議《こうぎ》の意を示した。

「もーう、お母さん！　どうするのよ、このままじゃ海斗が泊まる場所がないじゃない！」

「それは悪かったねえ。でも今から客室は空けられないし」

「それじゃ……」

「そうだ、あんたの部屋に泊めてやればいいじゃないか。引っ越しで荷物持って行ったから今は広々としてるだろう？　二人分の布団《ふとん》並べても十分スペースはあるはずだよ」

「ええっ？　わ、私の部屋？」

玲奈は頓狂《とんきょう》な声を上げた。

「な、何言ってるのお母さん！　冗談《じょうだん》でしょ！」

「ほら、昔はよく一緒に寝《ね》てたじゃないか」

「あ、あれは昔の話だから！　私たちもう高校生なのよ？」

「でも、お客さんを押《お》し入れとか廊下《ろうか》に寝かせるわけにはいかないだろう？　海斗君なんだから変なことにはならないよ」

するとと玲奈はぐっと押し黙って僕の方に視線を向けた。そして胸に手を当て、ふうと息を吐《は》いてから一度ゆっくりと首肯《しゅこう》した。

「わかったわ。とりあえず海斗、向こうに行きましょう」

「ええっ？　む、無理だよ！　何言ってるの？」

「いいから！　ほら、一緒に移動してるところ見つかったらまずいから別々に行くわよ。私が先に行くから。海斗、場所は覚えてる？」

「いや、まあ覚えてはいるけど……」

旅館経営者がどこに住むのかというのは大きく分けて二つのパターンがある。一つは旅館の上部が自宅になっているパターン、もう一つがすぐ近くに独立の家屋を持っているパターンだ。

水沢旅館は後者であり、旅館からあまり整備されていない細い道を二分くらい歩くと小さな家に着く。本当に寝泊《ねとま》りに使うだけの場所で、人数に比して狭《せま》くこぢんまりとした家となっている。昔何度となく歩いた道なので、今でも覚えている。

玲奈は先んじて旅館の建物を出て行ってしまった。

僕は一人残される形となり、諦《あきら》めて玲奈を追いかけることにする。あたりは暗く、人通りもほとんどなかった。スマホのライトで道を照らして歩き、家の玄関《げんかん》まで辿《たど》り着くと、鍵《かぎ》は開いており中で玲奈が待っていた。

「いらっしゃい海斗。えっと……とりあえず、私の部屋まで案内するわね」

「う、うん……」

玲奈の部屋は、水沢母の言った通り私物が何もなくなっていた。そのせいで広い空間が広がっており、確かに布団を二組《ふたくみ》敷《し》くことはできそうだった。

しかし、玲奈が言っていた通り僕たちは高校生の男女なのだ。いくら昔同じ部屋に寝ていた幼馴染だからといって、さすがに同じ部屋で寝るのは色々とまずい。

玲奈は、遠慮《えんりょ》がちに尋ねてきた。

「布団はそこの押し入れに二組入ってると思うけど……ど、どうする？」

「僕は押し入れとか廊下でいいよ。さすがに同じ部屋はまずいだろうし」

「それはだめ！　私とお母さんのミスなのに、海斗をそんな場所に追いやることはできないわ！　お母さんも言ってたけど、海斗はお客さんとして来てくれたんだから」

「でも……」

僕が食い下がろうとするも、玲奈はその言葉を遮《さえぎ》るようにして口を開いた。

「いいわ、私が廊下で寝るから」

「あれ、でも玲奈ってちゃんとしたところじゃないと寝付《ねつ》けないんじゃなかったっけ？」

「まあそれはそうなんだけど……」

「じゃあだめだよ。明日は一日中ドラマの方のロケ撮影なんだから、疲れを残して現場に行くのはよくないって」

お互い、相手を変な場所で寝かせるわけにはいかないという気遣《きづか》いのせいで完全に膠着《こうちゃく》状態になってしまった。

僕は何とか解決策を捻り出そうとする。

「そうだ、僕、今からでも他のホテル探してみるよ！　ホテルの予約さえできれば花梨さんに連絡《れんらく》して迎えに来てもらえばいいんだし」

「そ、そう」

「あれ……でも、全然ホテル空いてないなあ……どうしよう、有希さんに頼《たの》んで手配だけお願いした方がいいのかな」

そんなふうに悩《なや》んでいると、玲奈は可愛《かわい》らしいため息をついてから、僕の肩をちょんちょん突《つ》っついた。

「やっぱり、もういいわ。海斗、今日は諦めて私と一緒の部屋で寝ましょう」

「ええっ？　ほ、本気で言ってるの玲奈？」

「だ、だって体調崩してる有希さんに負担かけるのも、もう今頃《いまごろ》ホテルに着いてる花梨さんに戻ってきてもらうのも申し訳ないし……そ、それに！　考えてみれば同じ部屋で寝るってだけで布団はだいぶ離《はな》せるんだから問題ないと思うのっ！」

玲奈は熟した林檎《りんご》のように赤くなったまま、そう提案してきた。

「海斗、私に手だそうとか考えないでしょ？」

「も、もちろん！　絶対そんなことしないよ！」

「ほ、ほら！　それなら私は大丈夫よ！　もし海斗が、私と枕《まくら》並べて寝るなんて嫌とか不快とか思うなら仕方ないけど……」

嫌とか不快なわけはないし、その真逆だ。とてつもなく可愛くて魅力的《みりょくてき》な女の子と同じ部屋で寝るのだから、理性が保てるかが心配だった。だけど玲奈にそう言われてしまうと断るのも難しく、結局、僕は提案を受け入れてしまった。

「じゃ、じゃあ海斗……電気、消すからね」

「う、うん」

お互いに緊張しながら寝支度《ねじたく》をすませた僕たちは、早朝からのロケに備えて早めではあるがすぐに消灯した。

しかし――

部屋を暗くしたからといって、こんな状況《じょうきょう》で寝られるわけもない。

変に意識してしまい、悶々《もんもん》とした気分と戦い続けることになってしまった僕。

そうやってどれくらい経っただろう。隣の布団が小さく動いたかと思うと、玲奈が蚊《か》の鳴くような小さな声でこちらに向かって囁《ささや》いてきた。

「海斗……お、起きてる？」

「あ……う、うん。なかなか寝られなくて」

「じゃあ、眠《ねむ》くなるまでちょっとだけ話さない？」

「いいね、そうしよう」

部屋は真っ暗でお互いの表情はおろか姿すら見えない。ただ声だけでやりとりをかわすのは、何だか不思議な気分だった。

玲奈はふうと一度息をつくと、静かに口を開いた。

「今日は懐《なつ》かしい記憶がたくさん蘇《よみがえ》ってきたわ。つい最近まで住んでたはずなのに……海斗と一緒《いっしょ》だったからだと思う」

「僕も色々思い出したよ。『白雪姫』を演じた市民ホールなんて、本当にすっごく懐かしかった。あのあとの僕たちテンションおかしくなってたよね」

「私もよく覚えてるわ。どうやったら役者になれますか、って二人で担任の先生に聞きに言ったわよね。先生も困ってたけど色々教えてくれて、それで私は子役のオーディションがあることを知ったんだっけ」

「今考えると本当に無鉄砲《むてっぽう》だよね……二人揃ってドラマや映画の主演になりたいなんて」

「でも、こうやって実現してるじゃない」

確かにそうだ。あれから八年経って玲奈と再会し、今日も二人で仕事をしてきた。明日は朝からロケ撮影だ。改めて考えてみると何だか奇跡的《きせきてき》なことのように思える。そんなことを考えていると――玲奈はゆっくりと口を開いた。

「私たち、まるで運命で結ばれてるみたいね」

「……え？」

僕は思わず固まってしまう。

二人で布団を並べて横になっているという状況が状況だったから、変な意味に捉《とら》えてしまいそうだった。僕が黙ったままでいると玲奈は慌《あわ》てたように言葉を口にした。

「ああ、ち、違《ちが》うのっ！　へ、変な意味じゃないからね海斗！」

「あ、うん、わかってるよ」

すぐにそう言ったけど、何となくおかしな空気になってしまう。

少しの間沈黙が続いてしまい、僕は一度咳払《せきばら》いしてから別の話題を口にした。

「でも、撮影も進んでいよいよ第一話のオンエアが近づいてきたよね。とうとう僕たちの作品が世に出ると思うと、すっごく楽しみだよね。当日が待ち遠しいよ」

が——返事はない。

寝ちゃったのかな？

そう思った僕は声のボリュームを落として聞いてみた。

「玲奈、起きてる？」

「え？　お、起きてるわよ？」

「あ、ごめん反応がなかったから寝ちゃったのかなと思って。えっと……玲奈はどう？　オンエア、楽しみ？」

「あ……当たり前じゃない。も、もちろん楽しみよ」

玲奈の受け答えはどこか不自然だったのだが、玲奈と隣同士《となりどうし》で布団を敷《し》いていることでドキドキしっぱなしだった僕は、そのとき違和感《いわかん》を抱《いだ》くことができなかった。

「オンエアを少しでも良いものにするためにも、明日の撮影に備えて今日はしっかり寝ておかないとね」

「そうね」

「じゃ、おやすみ玲奈」

「おやすみ、海斗」

そうして僕たちは会話を終えたのだった。

翌日の撮影の合間、僕は気恥《きは》ずかしさから玲奈とまともに会話をすることができなかった。そんな状態は結局帰りの飛行機まで続いたのだった。

第三章　オンエア

Filming a kiss scene with my genius actress childhood friend

連続ドラマの第一話がオンエアされるのは大抵《たいてい》撮影《さつえい》期間の途中《とちゅう》になる。スケジュールの都合もあるけど、そうすることで視聴者の反応をリアルタイムで確認しながら展開の調整ができるのが大きな理由だ。

僕たちの出演作『初恋《はつこい》の季節』も例外ではない。

第一話の放送日は第四話の撮影期間中となる予定だった。

撮影が順調に進み、オンエア一週間前にもなると、各所が慌ただしくなってきた。公式SNSではカウントダウン企画《きかく》として毎日オフショットが公開され、番宣のため収録に参加していたバラエティ番組も続々と放送日を迎えていた。

ネットニュースにも多く取り上げられ、作品に関するSNSの書き込《こ》みも急増していた。

僕たち出演陣《じん》も通常の撮影と並行《へいこう》して番宣のための仕事が増え、いつも以上に忙《いそが》しくなっていた。

「すみません、公式のプレゼント企画に使いたいので休憩中にお二人のサインを入れてもらえないでしょうか」

　その日も撮影に一区切りついたところで、スタッフから公式のグッズを渡《わた》された。オリジナルのトートバッグ五個に二人のサインを入れてほしいという依頼《いらい》だった。

　楽屋に持ち帰ると、玲奈《れな》はさっそくマジックペンを手に持ってサインを書き始めた。

　迷いなく筆を走らせる姿に、僕は感心してしまう。

「玲奈、手慣れてるね」

「うん、サインはたくさん書いてきたから。もう慣れたわ」

「すごいなあ。僕なんて今までサインを求められたこともあんまりなかったから、玲奈みたいなカッコいいサイン用意してないんだよね」

「そういえば海斗《かいと》のサイン見たことないかも。どんな感じなの？」

「ちょっと紙に書くよ」

　手元にあった不要な紙の裏面《めん》を使ってサインを書いた僕は、玲奈に見せてみた。ローマ字を美しく崩した玲奈のサインとは違い、漢字を少しサインっぽく書いただけのものだけど、玲奈は一度頷《うなず》いてにっこり笑顔《えがお》を作ってくれた。

「いいじゃない。無難だけど良いと思うわ」

「そうかな……？」

「字が綺麗《きれい》なだけで十分よ。ひっどいサイン書く人もけっこういるし」

「あはは……それじゃあこれを書くことにするよ」

玲奈はもう五つ分のサインを終わらせていたため、ペンを借りてサインに取り掛《か》かることになった。トートバッグは布製の生地《きじ》だから紙よりも凹凸《おうとつ》があって書きにくく、どうしても慎重《しんちょう》になってしまう。

ようやく一つを書き終えて隣《となり》を見ると――

「ふわあぁ」

玲奈は、小さく欠伸《あくび》をしていた。

よく見ると心なしか玲奈の目が赤みがかってる気がする。目を擦《す》っている玲奈を見て、僕は思わず尋ねてしまっていた。

「あれ玲奈、寝不足《ねぶそく》なの？」

するとと油断していたらしい玲奈ははっと僕の方を見て、顔を赤らめた。

「あ……う、うん」

「最近撮影に番宣に忙しいもんね。あれ、でも昨日はオフだったけど……もしかして別の現場の仕事が入ってたとか？」

「ち、違うわ。昨日は仕事なかったから放課後はすぐに帰って家でのんびりしてたもん」

「え？　それならどうして？」

「えっと……その何というか、あれよ。面白《おもしろ》い漫画《まんが》を見つけちゃって……」

玲奈はちょっぴり言いにくそうにそう呟《つぶや》いた。

僕は拍子抜《ひょうしぬ》けしてしまう。

「漫画読んでて夜更《よふ》かししちゃったの？」

「し、仕方ないでしょ！　面白かったんだもん！」

「ふふっ、玲奈でもそういうことあるんだ。なんか可愛いね」

プロ意識が高く仕事第一で動いているイメージだったから、撮影日《さつえいび》の前日に夜更かししてしまうというのは少し意外だった。

「どんな漫画なの？　ジャンルは何系？」

「えっと、少女漫画よ」

「少女漫画かあ……僕あんまり読まないんだよね。よかったら今度貸してくれない？」

「うん。持ってくるわ」

そんな話をしているうちに、僕も無事にサインを書き終わった。少し線が曲がってしまったものもあるけど、まあ大丈夫《だいじょうぶ》だろう。

僕はトートバッグを段ボール箱に入れ直し、立ち上がった。

「じゃあこれ、スタッフに渡してくるね」

「あ、私も行くわ」

「届けるだけだし僕一人で行くよ。玲奈は待ってて」

「……うん、ありがとう海斗」

楽屋を出て撮影現場に戻り、スタッフへと段ボール箱を手渡した。そのあとまだ現場に残っていた他の共演者と少し雑談をしてから僕は楽屋へと戻ってきた。

「ただいまー」

扉《とびら》を開けて、僕はびっくりしてしまう。

玲奈が机に突っ伏《ぷ》して寝ていたのだ。

寝不足とは言っていたけど、眠気《ねむけ》を我慢《がまん》できなかったらしい。すう、すうと可愛らしい寝息《ねいき》を立てて、無防備な寝顔《ねがお》を晒《さら》している。

「えっと……どうしよう」

密室に二人きりなのだ。

その気になれば、何でもできてしまいそうな状況。

そんなシチュエーションを意識すると、心臓がバクバク鳴り始めた。

とりあえず僕は音が鳴らないように椅子《いす》に座《すわ》り、手元に台本を開いてみた。だけどどう

しても玲奈の方に意識が奪《うば》われてしまい、文字が全く頭に入ってこなかった。僕は玲奈の

あどけない寝顔を見守りながら、自分の理性を保つのに必死だった。

生殺しの時間から僕が解放されたのは二十分後、有希《ゆき》さんが楽屋の扉を叩《たた》いたタイミングだった。

「天野《あまの》くん、水沢《みずさわ》さん、スタッフの人がちょっと来てくれだって。番宣用の三十秒コメントを撮りたいみたい」

「あ、はい」

「ってあれ？　水沢さん、寝てる？」

「ちょっと寝不足みたいで。今起こしますね」

有希さんに言ってから僕は玲奈の肩を軽く揺すってみたけど、起きる気配がなかった。

そういえば、昔もこんな感じでなかなか起きなかったっけ。

朝一緒に登校するために家の前に行って、寝坊《ねぼう》してる玲奈を部屋まで起こしに行っていたのを思い出した。あのときの玲奈の面影《おもかげ》が見えたせいか、僕は昔起こしていたときのように、ちょんちょんとその柔《やわ》らかい頬《ほお》を突っついていた。

「あ、あれ？」

すると玲奈は目を覚ました。

まだ寝ぼけているらしく、左右を見て不思議そうな顔をしている。

「玲奈、僕の楽屋で寝ちゃってたんだよ。もう、夜更かしはほどほどにね」

「えっ？　そ、そうだったの？」

「今から番宣用のコメントを撮りに行くんだって。ほら行こう」

「あ、うん……」

こくりと頷いて立ち上がった玲奈だけど、なぜか頬を真っ赤に紅潮させていた。有希さんのあとに続いて歩いている最中、玲奈は僕に近づくと、耳元で囁いてきた。

「海斗……ね、寝てる私と二人きりだったのよね？」

「え？　うん、そうだけど……」

「そ、その、変なこととかしなかった？」

「す、するわけないじゃん！　指一本触《ふ》れてないよ！　それに、そんなこと言ったらこの前だって」

僕はそこまで言いかけて、寸前で思いとどまった。水沢旅館で一緒の部屋で寝たことは二人だけの秘密ということにして有希さんや花梨《かりん》さんには僕が客室に一人で泊《と》まったということで通しているのだ。

だけど玲奈にはそれだけで伝わったようで、玲奈は頬を赤らめて小声で言う。

「あ……あのときは、ずっと起きてたから海斗が何もしてないのは知ってるもん」

「え？　玲奈、寝てなかったの？」

「だ、だって！　寝ようとは思ったけど、ドキドキして全然寝付けなくて……」

「僕も同じだよ。やっぱりちゃんと探した方がよかったね、別の宿」

いくら幼馴染《おさななじみ》同士だとはいえ、八年前と今の僕たちは違うのだ。お互いに異性を意識する年齢《ねんれい》になっているし、玲奈はとんでもない美少女に成長している。

「それは置いといて！　海斗、私に指一本触れてないって言ったけど……さっき私のほっぺ突っついてたでしょ？」

と、玲奈はそこで話を戻した。頬を膨《ふく》らましてじろりと睨《にら》んでくる。

僕は慌てて謝《あやま》った。

「あ、あれはつい、ごめん怒《おこ》ってる？」

「ううん。別に海斗に触《さわ》られるのは……その、嫌《いや》じゃないけど……」

玲奈は俯《うつむ》きながらぽつりと呟くようにそう言った。僕の方も恥ずかしくなってしまい、何だかいたたまれない空気になってしまう。

そんな僕たちのやりとりを——有希さんは、にやにや笑《え》みを浮《う》かべて見守っていた。

＊

数日後の昼休み。

僕《ぼく》たちはいつも通り二人きりで台本の読み合わせをしていた。

雨が降っていたから屋上は使えず、代わりに空き教室を使っていた。芸能科の校舎は一《いっ》般《ぱん》科の校舎とは分かれていて人数に比して建物が大きいから、使われていない教室もある。そこを使わせてもらっていたのだった。

最初の二十分で練習を終えると、そこからはお昼の時間となる。

玲奈は荷物の中から一つの紙袋《かみぶくろ》を取り出して僕に手渡《てわた》してきた。

「そうだ海斗、昨日言ってた漫画持ってきたわよ。気に入ってくれるかわからないから、とりあえず最初の三冊だけだけど」

「ありがとう！　さっそく読んでみるよ」

紙袋をありがたく受け取ったあと、僕たちはそれぞれご飯を食べ始めた。僕はいつも通りのお弁当だけど、玲奈はコンビニの小さなサラダ一つだけだった。それを見た僕は思わず尋ねてしまっていた。

「あれ、玲奈、今日はそれだけなの？」

「う、うん。あんまり食欲がない……じゃなくて！　今ダイエット中なのよ」

「ダイエット？」

「ほら、来月には海での撮影《さつえい》もあるんだから、水着姿でも大丈夫なように絞《しぼ》っておかなきゃいけないでしょ」

「なるほど……大変だね」

　確かに女優の人だとサラダだけで食事をすますというのもよく見る。だけど目の前の少女とダイエットという言葉がどうにもマッチせず、僕は思わず玲奈のことをじっと見つめてしまった。

「な、何？　あんまりじろじろ見られると恥《は》ずかしいんだけど」

「あっごめん……いや、そんなに細くてスタイルも良いのにダイエットするんだなあって思っちゃって」

　すると玲奈は顔を真っ赤にし、それからぽかぽか殴《なぐ》ってきた。

「か、海斗は本当によくないっ！　いきなりそういうこと言うんだもん！」

「いやでも、みんなそう思ってるはずだよ。本当に理想的なスタイルだし」

「そ、そうかしら……」

　そのあと、結局玲奈はサラダ一つも全部食べ切ることなく少し残していた。普《ふ》段《だん》は人並みに食べているから、ずいぶん食べる量が少ないことになる。

教室に戻ってきてから、僕は考《かんが》え込んでいた。

(何かここ最近の玲奈、おかしい気がするんだよな……)

クラスメートと喋《しゃべ》っている様子はいつもと全く変わらないし、現場でもいつも通りの完《かん》璧《ぺき》なパフォーマンスを披露《ひろう》している。それなのに僕はどうにも違和感を覚えてしまっていたのだった。

そしてそんな違和感が更《さら》に強まったのは、午後の授業中だった。

「じゃあ次の問題、前に出て解いてみろ。えーと、水沢」

「え？　あ、はい」

数学教師に指名された玲奈は、慌てたように教科書と黒板を交互《こうご》に見た。そのあと申し訳なさそうに言った。

「すみません……どの問題でしょうか」

「何だ聞いてなかったのか？　珍《めずら》しいな、まあいいだろう。隣の松井が助けてやれ」

「えっと、百五十ページの下の問題だよ。これこれ」

「あ、ありがとうございます」

玲奈は自分の教科書で該当《がいとう》ページを開くと、そのまま黒板の前まで行ってチョークで計算式を書き始めた。二次関数の少し発展的な問題だったけど、綺麗な図を描《えが》いてすぐに答えを導いた。

「うん正解だ。さすがよく勉強してるな」

先生に褒《ほ》められ、玲奈は自分の席に戻る。

玲奈は学業も優秀《ゆうしゅう》なのだ。人気女優として多忙《たぼう》なスケジュールをこなしている一方、学業にも手を抜《ぬ》かずしっかりと取り組んでいる。仕事で休んだ分は自習で補い、出席日数を補填《ほてん》するためのレポートもちゃんと書いている。

移動時間や楽屋での空き時間などの隙間《すきま》時間に定期試験の勉強をしているほど真面目な生徒で、勉強を軽視しがちな芸能科の雰囲気《ふんいき》を変えた張本人だ。あれほど忙しい玲奈がやっているなら、とクラスメートたちも中学の頃《ころ》より真面目に取り組むようになっている。

そんな玲奈だからこそ、先生の話を聞いていないというのは珍しかった。

席に座ったあとの玲奈を見ても、どこか上の空といった様子だった。授業に集中できている感じではない。

（やっぱり、何か変なんだよなあ……）

一つ一つはほんの些細《ささい》なことだけど、その積み重ねがどうも引っかかっていた。僕は何だかもやもやしたものを感じていたのだった。

「あの花梨さん。ちょっと聞きたいんですけど、最近の玲奈少し変じゃないですか？」

「へ？　水沢さんがですか？」

放課後、撮影の合間に花梨さんに聞いてみた。

花梨さんは思いあたる節がないらしく、不思議がるような表情を作った。

「何かおかしなところがあるんですか？」

「いや、本当に直感なんですけど。花梨さんはそう思いませんか？」

「うーん……わたしの見てる限りはいつも通りですけどね。演技もばっちりできてますし、体調が悪いといった感じもしないです。強《し》いていえばちょっと寝不足ぎみみたいですけど、あの子は意外と自己管理の甘《あま》いところがありますからね」

「そうですか」

「あ、でもわたしが気づいてないだけかもしれないので、何か気づいたことがあったら教えていただけると助かります。そうすればわたしも色々とサポートしてあげられるので」

「わかりました。ありがとうございます」

僕は礼を言うと、花梨さんの下から離れた。

どうやら僕の気のせいみたいだ。

僕よりも長く玲奈を見ている花梨さんが特にいつもと変わらないと言うのだから、変なところに引っ掛かってしまっただけなんだろう。そう結論づけた僕が部屋の中央あたりまで戻ってくると、玲奈がこちらにじーっと視線を向けていた。

「天野くん、私のマネージャーと何を話していたんですか？」

周りに人がたくさんいるので、玲奈は丁寧《ていねい》な敬語を使っている。

正直に言うのもはばかられたので僕は言葉を濁《にご》した。

「大した話じゃないよ。ちょっと事務的なことで」

「そうでしたか」

「それよりさ、スタッフの人が言ってたんだけど公式のＰＶがものすごく伸《の》びてるんだって。僕も見てみたんだけどわくわくしたよ。ついに明日、第一話のオンエアだもんね」

「ええ、そうですね」

「明日はオフだし、リアルタイムで観《み》ないとなー。水沢さんもリアルタイムで観る？」

「はい。そうするつもりです」

玲奈はにこりと頷いた。そこで僕は更に尋《たず》ねてみる。

「誰《だれ》と観るの？　僕はたぶん家族と一緒に観るけど」

「私は一人暮らしなので……たぶん、自宅で一人で観ると思います」

「あっ、そうか」

ちょっぴり寂《さび》しそうに言った玲奈。

それに釣《つ》られて僕は思わず誘《さそ》いの言葉を口にしてしまっていた。

「そうだ。よかったら、一緒に観る？」

すると玲奈は目を丸くした。そして僕に近づき、僕にだけしか聞こえない小さな声で耳元に囁いてきた。

「ほ、ほんとに？　ほんとに一緒に観てくれるのっ？」

「あ……うん。もちろん玲奈がよければだけど」

「じゃ、じゃあ私の家に来てくれる？」

「いいよ。そうしよっか」

玲奈は僕から離れると、嬉《うれ》しそうに顔を綻《ほころ》ばせた。

「では決定ですね！　予定、空けておいてください」

＊

そんなわけで翌日、授業が終わると僕は玲奈と一緒に学校を出た。

考えてみれば街中を二人で行動するのは初めてだった。現場までの移動はいつも学校前までマネージャーが迎《むか》えに来てくれるし、プライベートで遊びに出かけたことはない。だから知らなかったけど、玲奈は完全な変装をしていた。

ニット帽《ぼう》を被《かぶ》って大きめのマスクを着け、サングラスをかけている。顔はほとんど見えず、一歩間違《まちが》えば不審者《ふしんしゃ》と思われるような姿だ。それでいてものすごくスタイルが良いからむしろ悪目立ちしてしまいそうだった。

「す、すごい変装だね」

「色々試《ため》してはみたけど、このくらいしないとバレちゃうのよ。ニット帽とマスクと伊達《だて》メガネの三点セットでコンビニに行ったのに水沢玲奈だってバレてとんでもない人だかりになったこともあるし……」

「うわあ……さすがだね玲奈、僕なんて素顔《すがお》で歩いてても声かけられたことないよ」

僕も一応マスクと伊達メガネだけはつけたけど、たぶん変装しなくても誰にも気づかれない。そもそも玲奈のような有名人カテゴリにはいないのだ。

「普段からプライベートはそんな恰好《かっこう》してるの？」

「いや、面倒《めんどう》だからメガネとマスクくらいですませることもあるわ。しょっちゅう気づかれて写真とか握手《あくしゅ》とかお願いされるけど、ファン対応って私嫌《きら》いじゃないし」

「そういえばこの前もたくさんファン対応してたもんね」

「でも今日は……ほら、二人きりで歩いてるところ見つかったら色々面倒じゃない」

確かにその通りだ。

水沢玲奈のスキャンダルなんてどこの雑誌社も喉《のど》から手が出るほど欲《ほ》しいだろうし、男と一緒に歩いているというだけでも誇張《こちょう》しまくって記事にする可能性はある。一般人《いっぱんじん》にSNSで呟かれてもひどい騒動《そうどう》になるのは目に見えている。

「まあさすがに僕が相手じゃ世間の人は信じないと思うけどね。役者としても格が違いすぎるし、玲奈に見合うほどカッコよくもないから」

僕がちょっぴり自虐的《じぎゃくてき》に言うと、玲奈はぴたりと立ち止まってジト目を向けてきた。

「どうしたの、玲奈？」

「いや、何でもないけど……」

そう言うわりにその目はとても不満そうだった。

僕は恐《おそ》る恐る尋ねてみる。

「ごめん、何か機嫌《きげん》を損《そこ》ねるようなこと言っちゃった？」

「別にそんなんじゃなくて……ただ、海斗がそういうこと言うの、私は嫌」

「え？」

「海斗が今まですごく努力してきたことも、すごく良い演技をすることも知ってるから。今はまだ有名じゃないってだけで、今回の作品の放送が終わる頃にはきっと人気役者の仲間入りしてると思う」

「あ……ありがとう、玲奈」

ストレートな言葉をぶつけられて、僕は驚《おどろ》いてしまった。玲奈がそれだけ自分を高く評価してくれていることが嬉しかった。

それから僕たちは学校の最寄駅《もより》に着くと、電車に乗って各駅停車で三駅進んだところで降りた。この駅が玲奈が住んでいるマンションの最寄駅らしい。

「じゃあ行きましょうか。歩いて一分もかからないわ」

「うん。あ、そういえば今日の夜ご飯ってどうする予定なの？」

「出前でも頼もうかと思ってたけど……」

「そっか玲奈は料理できないんだっけ」

「え？　海斗、私の手料理が食べたかったの？」

僕は苦笑《くしょう》を浮かべて首を横に振《ふ》る。

「いや、昔とんでもない料理を食べさせられた記憶《きおく》が蘇って。手料理は勘弁《かんべん》かな……」

僕の六歳《さい》の誕生日のとき、玲奈がごちそうを作ってあげると意気込《いきご》んで台所に立ったのだけど、出てきたものを食べた僕があまりの衝撃的《しょうげきてき》な味に文字通りぶっ倒《たお》れてしまったということがあった。

その記憶が強烈《きょうれつ》すぎて、玲奈の手料理と聞いても全く惹《ひ》かれない。

するとと玲奈は耳まで真っ赤になって、僕の胸をぽんぽんと叩いてきた。

「な、何でそんな恥ずかしいこと覚えてるのっ！　海斗のばか！」

「いやものすごく印象深かったから」

「もう、そういうことははやく忘れてよね！　第一あれは幼い頃の話だし」

「あれ？　じゃあもしかして今は料理できるようになったの？」

「いやそれは、えっと……たぶん変わってない……」

恥ずかしそうに顔を逸《そ》らしてしまう玲奈。

そこで僕は一つ提案をしてみる。

「出前でもいいけど、簡単なものなら僕が作るよ？」

「え？　海斗、料理できるの？」

「まああんまり期待されても困るけど……というか出前の方が絶対美味《おい》しいもの食べられるとは思うけど……」

しかし玲奈はぱあっと顔を輝《かがや》かせ、ぐっと身を乗り出してきた。

「食べたい食べたい！　私好《す》き嫌《きら》いとかないから何でも食べるわ！」

「じゃあどこかで買い出ししていこうか」

「スーパーならマンションのすぐ隣にあるから、そこで買い物するといいと思うわ」

「いいね。ところで今ある食材ってわかる？」

「自慢《じまん》じゃないけど冷凍《れいとう》食品くらいしかないはずよ」

「本当に自慢じゃないね……」


それから少し歩いて、僕たちは玲奈の住むマンションに到着《とうちゃく》した。

一人暮らしだから小さめのアパートみたいなところに住んでいるのかなと思ったけど、目の前に聳《そび》えるのは息を呑《の》むような立派な高層マンションだった。見上げると首が痛くなりそうだった。

「うわあすごい！　玲奈、こんなところに住んでるの？」

「私が選んだわけじゃなくて、花梨さんが手配してくれたのよ。やっぱりセキュリティが心配だからこういう警備員付きのオートロックがいいんだって。実際、上の方は芸能人もけっこう住んでて居《い》心地《ごこち》はいいわ」

「確かにそうかもしれないけど……高校生でこんなところで一人暮らししてるなんて、さすが超売《ちょうう》れっ子だね」

周りには植栽《しょくさい》がなされていて綺麗な緑が茂《しげ》っており、エントランスは石畳《いしだたみ》とガラス張りの高級感漂《ただよ》う外観となっていた。

隣のスーパーに寄って買い物をすませると、玲奈の案内で僕はマンション内に入った。共用玄関《げんかん》を通ると豪華《ごうか》な広いロビーがあって、高級そうなソファーが置かれていた。玲奈は慣れた様子でそこを通過し、エレベーターホールまで進むと、高層階用のボタンをぽちっと押《お》した。

「玲奈の部屋って何階なの？」

ふと尋ねてみると、玲奈からはとんでもない答えが返ってくる。

「最上階よ」

「ええっ？　さ、最上階って……すごく高いんじゃないの？」

「私、お金の管理はお母さんに全部任せてるからよくわからないけど、まあ高いと思うわ。正直一人じゃ持て余すくらいの広さだし、誰かとルームシェアでもすればちょうどいいかもしれないわね」

「いいなあ、僕もこんなとこ住んでみたいよ」

今の収入だと夢のまた夢だけど、いつか売れっ子になったらこんな場所に住めるときが来るんだろうか。そんなことをぼんやり考えていた僕だけど、ふと隣を見ると玲奈は凍《こお》り付いたように硬直《こうちょく》していた。

「か、海斗……そ、それはさすがに、早すぎると思うんだけど……」

「えっ何の話？」

「わわわ私の部屋に住みたいって話でしょ？」

「いやそんな話はしてないよ！　ただ将来このくらい立派な高層マンションに住んでみたいなと思っただけで」

「何だもう、びっくりさせないでよ……心臓に悪いから」

玲奈はふうと胸を撫《な》で下ろした。

と、そこでエレベーターが到着したので僕たちは乗り込んだ。玲奈は一番上である三十階のボタンを押し、あっという間に到着する。

エレベーターを降りた内廊下《ろうか》も立派なもので、やや暗めの照明と落ち着いた色使いの壁《かべ》やカーペットは気品を感じさせた。

そして部屋に入ると、そこは圧巻の一言だった。

「うわあ、すごい……」

大理石の玄関を抜けると一面ガラス張りのリビングルームが待っていた。東京の街並みを一望できる最高の眺望《ちょうぼう》で、広々とした気持ちの良い空間だった。白を基調としたレイアウトで、テーブルや椅子、ソファーといった家具はモノトーンに統一されていた。どれも高級そうな家具だ。

ソファーの前には八十インチはある大型テレビがある。部屋全体がしっかり清掃《せいそう》されており、まるでモデルルームのような清潔感だった。それでいてふんわりと甘い匂《にお》いがして、なんだかドキドキしてしまう。

「とりあえずその荷物を置きたいでしょ。冷蔵庫はこっちよ」

「あ、うん。ありがとう」

台所はリビングルームの奥《おく》で、しっかりとした設備が整っていた。だけどガスコンロなんて全く汚《よご》れがついておらず一度も使った形跡《けいせき》がない。

冷蔵庫を開けると、玲奈の言う通り飲み物と冷凍食品くらいしか入っていなかった。調味料すらほとんどない。念のため必要なものは全て買ってきてよかった。僕は苦笑しながら買ってきた食材を中に入れた。

それを後ろで見ていた玲奈だけど、僕が冷蔵庫を閉めたところで尋ねてきた。

「これからどうするかしら？　まだ四時だから、ご飯にはちょっと早いわよね」

「確かにそうだね。今日作るのはオムライスだから準備に時間もかからないし」

「海斗、何かやりたいことある？」

「うーん……そうだ！　もしよければ、他の部屋も見せてくれない？」

僕はふと思いついたことを口にしてみた。

「こんな高級マンションにお邪魔《じゃま》する機会なんてないし、それに玲奈の家がどんな感じになってるのかも興味あるからさ。もちろん玲奈がよければだけど」

「いいわよ。じゃあさっそく案内してあげるわ」

玲奈が快諾《かいだく》してくれたので、ルームツアーが始まる。バルコニーやお風呂場《ふろば》、クローゼット、作業部屋、物置と、どこを見ても楽しかった。お風呂場は普段《ふだん》玲奈がここでお風呂に入っているのかと思うと何だかいけない気分になってしまったし、クローゼットには私服がずらりと並んでいてセンスの良い多種多様な服に感心させられた。

そして最後にやってきたのが玲奈の寝室《しんしつ》だ。

扉を開けると、そこはとても可愛《かわい》らしい部屋だった。

薄《うす》いピンク色の大きなベッドに、お洒落《しゃれ》なランプ型の照明。ふわふわした丸いマットが敷いてあり、化粧台《けしょうだい》や小テーブルが置かれている。ポスターやドライフラワーなど、さりげなく置かれている小物が部屋を彩《いろど》っている。

僕はそんな部屋を、興味深く見させてもらっていたのだけど——

「あっ！　ま、待って！」

そこで突然《とつぜん》玲奈が慌《あわ》てたような叫《さけ》び声を出した。

僕も玲奈が視線を向けている方に目をやってしまう。

そこにあったのは写真立てだ。ベッドの横に置かれた小さなテーブルの上にちょこんと載《の》っている写真立ての中に収められていたのは、まだ幼い僕と玲奈が、二人揃《そろ》って笑顔でピースサインを作っている写真だった。

玲奈は慌ててベッドの横まで行って写真立てを隠《かく》そうとしたけど、もう遅《おそ》かった。玲奈は僕の方をちらりと見たあと、顔を真っ赤にして崩《くず》れ落ちてしまった。

「こ……これは、その……」

「玲奈、えっと」

「か、海斗、私のこと気持ち悪いとか思ったでしょ……？　こんな写真、今でもずっと大切にして寝室に飾《かざ》ってるんだから……」

「そ、そんなことないって！　むしろ嬉しいよ！」

僕がそう言うと、玲奈は顔を手で覆《おお》ったまま少しだけ顔を上げた。

指の間から、ちらりと僕の方を窺《うかが》ってくる。

「だって、それだけ玲奈が僕のことを大切に思ってくれてたってことだし」

「僕にとっても、玲奈は大切な存在だよ。うちにも写真立てはないけど、玲奈との思い出の物はちゃんと保管してるから。アルバムとかも残してあるし時々見てたよ」

するとと玲奈はようやく落ち着いたらしく、ふうと息をついてから立ち上がった。まだ少し恥ずかしそうな表情のまま、口を開いた。

「今度、私にも見せてよね。その思い出の物」

「え？　えっと、持ってくればいいの？」

「違《ちが》う！　だから、その……海斗の家にも招待してってこと！」

「ああ、もちろんいつでも来てよ。歓迎《かんげい》するよ」

そう答えると玲奈はすごく喜んでくれた。

そのあと玲奈は写真立てをちゃんと見せてくれた。引っ越《こ》しの日に撮《と》った写真で、よく見ると玲奈は泣き腫《は》らした目をしていた。玲奈はこれをずっと勉強机の隣に置いていて、引っ越しのタイミングでも持ってきたとのことだった。

＊

僕たちはそれからリビングルームに戻《もど》って少し雑談をしていたけれど、少しずつ外も夕暮れになってきたため、夜ご飯の支度《したく》に取り掛かることになった。

「よし、そろそろ作るよ」

「制服のままだと汚れちゃうでしょ。エプロンあるから持ってくるわ」

「あれ料理しないのにエプロンはあるの？」

「う、うるさいっ！　私だって一人暮らしするときは料理しようと思ってたんだから！」

「……三日《みっか》坊主《ぼうず》どころか一回もやらずに終わっちゃったんだね」

「む、むうっ……だって一人じゃ何から始めていいかもわからないし、かといって教えてくれる人もいないんだもん」

僕が少し意地悪な言い方をすると、玲奈はぷくうと頰を膨らませてむくれてしまった。

そこで僕は提案してみる。

「別に僕でよければいつでも教えてあげるよ」

「え？　ほ、ほんと？」

「うん。というか、せっかくだし今日も一緒《いっしょ》に作ってみる？　オムライスは簡単だし料理初心者でも問題なく作れると思うよ」

玲奈は目を輝かせ、ぐっと拳《こぶし》を握《にぎ》った。

「やってみたい！」

「それじゃあ玲奈にもやってもらおうか。あ、でもエプロンって一つしかない？」

「ううん、青とピンクの二色あるわ。ふふっ、こんなときのために買っておいてよかった」

玲奈はほくほく顔でエプロンを取りに行くと、すぐに戻ってきた。僕が青、玲奈がピンクのエプロンを使ってキッチンに立つ。

そして食材を取り出して僕たちは料理を始めた。今日作るのはオムライスとコンソメスープ、それに簡単なサラダの三品だ。まずはそれぞれ手を洗い、ご飯を炊《た》いて野菜を切っていった。

「米の研《と》ぎ方は、この手つきでぐるぐるとボウルをかきまぜるんだ。ほらこうやって」

「うん、やってみるわ」

「あっ玲奈、包丁の持ち方はそうじゃなくて！　ほら、こんな感じ！」

「そ、そうなのね……ありがとう」

学校の調理実習ですら仕事と被ってあまり出席できなかったという玲奈は、本当に料理スキル皆無《かいむ》だった。米の研ぎ方や包丁の持ち方から僕が指導することになったけど、それでも二人で台所に立っているのはとても楽しかった。

と、そんな中で玲奈からとんでもない発言が飛び出した。

「なんかこういうのって……新婚《しんこん》さんみたいでいいわね」

「ええっ？」

僕はびっくりして大きな声を出してしまった。

「ち、違うのっ！　べ、別に、か、海斗との新婚生活を妄想《もうそう》してたとかそういうことじゃなくて、ただ、こういうシチュエーションがいいなって思っただけ！」

「ああうん、そんな勘違《かんちが》いはしないけど……」

玲奈が変なことを言うから、僕も変なことを考えてしまいそうになる。そのせいでお互《たが》い口数が減ってしまったけど、料理の方はなんとか大きなトラブルなく進み、あとはチキンライスの上に載せる卵を作るだけで完成となった。

「よし、あと少しで完成ね！」

「そうだ。最後は僕と玲奈で一つずつ、相手の卵を作るってのはどう？」

「面白《おもしろ》そうね！　よおし、じゃあ私も美味しいの作ってあげるから」

玲奈はやる気満々だった。改めて腕《うで》をまくり、無邪気《むじゃき》な笑みを浮かべている。

僕はそんな姿にどうも既視感《きしかん》を覚えてしまい、苦笑していた。

（なんか……昔僕に料理を作ってくれたときの玲奈を思い出すなあ……）

確か、あのときも同じように自信満々でキッチンに向かっていたのを覚えている。腕をまくる仕草まで同じだった気がする。

とにかく、僕はお手本として卵の作り方を見せてあげた。今日は玲奈に食べてもらうのでいつも以上に丁寧かつ慎重《しんちょう》に作り、結果的には今までで一番というくらい完璧な仕上がりの卵を載せることができた。

「うわあ海斗上手《うま》い、お店のやつみたい！　私も負けないわ！」

そして続いてフライパンの前に立った玲奈はといえば——

ある意味、予想通りの結果で。

わずか一分後、卵がぼろぼろになった悲惨《ひさん》な見た目のオムライスを前に、呆然《ぼうぜん》と立ち尽《つ》くすことになったのだった。


「ううっ……ご、ごめんね海斗」

「いいよいいよ、見た目がちょっと変なだけで味は同じなはずだから」

リビングルームに置かれたガラス製のダイニングテーブル。そこで向かい合うようにして僕たちは座《すわ》った。

テーブルにはサラダ、コンソメスープ、そしてオムライスの三品が並んでいる。

玲奈の失敗作を引き取ったのは僕の方だ。玲奈は自分が責任を持って食べると何度も言っていたけれど、最初に決めたことだし僕から申し出てこの結果となった。

いただきますと手を合わせ、サラダとスープから口をつける。そしてオムライスを一口食べたところで、玲奈がじいっとこちらを見つめているのがわかった。

「……ど、どう？」

「大丈夫《だいじょうぶ》、普通《ふつう》に美味しいよ」

「ほ、本当？」

「もちろん。嘘《うそ》なんてついても仕方ないし」

失敗作といっても卵の形が不格好なだけで、下のチキンライスは僕主導でいつも通りの味付けをしている。だから美味しかったというのは玲奈に気を遣《つか》ったわけでも何でもなかったのだけど、玲奈は疑うような視線を向けてきた。

「海斗、私が昔作った料理食べたときも美味しいって言ってたわよね。それで私が味見してみたらひどい味だったじゃない」

「あ……いや、言われてみればそうだったかもしれないけど」

「本当かどうか確かめるから、私にも食べさせて」

「うん、いいよ」

自分のスプーンで一口とるのかと思ったら、そこで玲奈はあーんと小さく口を開けた。

そういえば昔はよくそうやってねだってきた。玲奈のその仕草があまりにも自然だったから、僕も頭で考えるよりもはやく、ほぼ反射的にスプーンでオムライスを一口すくって玲奈の口元に差し出していた。

「あっ本当だ、美味しいっ」

玲奈は安心したように顔を綻ばせた。

しかし僕はそこでようやく、とんでもないことをしていたと自覚してしまう。

頬《ほお》が紅潮するのを感じながら、僕は小さく呟《つぶや》くように口を開いた。

「ええと……玲奈ってこういうのあんまり気にしないんだね」

「えっ？」

「その、間接キスというか」

僕がその四文字を口にした瞬間《しゅんかん》、玲奈の顔は、沸騰したかのようにかあっと真っ赤に染まっていった。

どうやら、自分が作ったオムライスが食べられるものになっているのかという不安の方で頭がいっぱいになり、完全に無自覚でやっていたようだった。

「ご……ごめん、海斗……」

「いや、別に責めてるわけじゃなくて、ただびっくりしちゃっただけだから」

「海斗と一緒にいるとどうしても昔に戻ったような気分になっちゃって……それでつい、無意識で」

「ま、まあ、大丈夫だよ！　再来週には僕たちキスシーンを演じるんだし、それに比べたら間接キスくらい今更《いまさら》というか……」

ちょっぴり落ち込《こ》んでしまった玲奈に何か言葉をかけようとした僕だけど、完全に余計なことだった。玲奈の顔は更に赤みを増してしまう。

「た……確かに、キスシーンをするんだから、間接キスくらいで意識してちゃだめよね」

「う、うん」

「わかったわ。じゃあ、海斗も！　これでおあいこだから！」

玲奈は自分のスプーンを持つと、オムライスを一口すくって僕の口元まで差し出した。

その手は小刻みに震《ふる》えている。

何がおあいこなのか全くわからなかったけど、僕は勢いに流されるまま食べた。

「ほ、ほら、海斗の作ってくれたオムライス、美味しいでしょ？」

「そ……そうだね」

本当は味なんて全くわからなかった。自分で言っておいてなんだけど、間接キスを意識しないというのは無理だった。ドキドキが止まらない。

そのせいで食卓《しょくたく》は変な空気になってしまい、それから僕《ぼく》たちはぎこちない会話を繰《く》り広げることしかできなかったのだった。

＊

とにかく食事が終わり、そのあとは後片付けをした。最新式の食器洗浄機《せんじょうき》が置かれていたので皿洗いは楽だった。使用した調理器具なども丁寧に洗い、片付けが全て終わったのは、七時過ぎだった。

「第一話の放送まで、あと二時間かあ……」

『初恋《はつこい》の季節』は九時からの枠《わく》で、毎週一時間のドラマとなっている。

今日は初回ということで三十分拡大ＳＰとなっていたから、オンエアの時間は九時から十時半までの九十分間だ。

「いやあ、本当に楽しみだね。もう今から待ちきれないよ」

隣《となり》に座る玲奈にそうやって声をかけた僕だけど、何も反応が返ってこなかった。僕は思わず隣に視線を向ける。

「あれ、玲奈？」

「……な、何かしらっ？」

　すると玲奈はびくんと体を震わせて、僕の方に体を向けた。

　虚《きょ》をつかれたとばかりに視線を右往左往させている。

「いや、話しかけたけど反応がなかったからさ。どうかしたの？」

「何でもないわ！　ただご飯食べたあとだからぼーっとなっちゃって」

「ああ、なるほどね」

　僕は少し苦笑してから、玲奈に向かって尋ねてみた。

「これから何しよっか？　まだオンエアまでは時間があるけど……七時からのクイズ番組も僕たちがゲスト出演してるはずだから、テレビつけてみる？」

「そうね、それでもいいけど……」

「あ、それともちょっと寝《ね》たい？　それなら僕は一人で適当に時間潰《つぶ》してるから、遠慮《えんりょ》なく言ってくれれば」

「ううん。別に眠《ねむ》いわけじゃないから、それは大丈夫よ」

　玲奈は一度首を振《ふ》ってから、顎《あご》に手を当てて考えるような仕草を作った。それから少ししして、玲奈はおもむろに口を開いた。

「ね、ゲームでもしない？」

「ゲーム？」

「うん。何かやってた方が気も紛《まぎ》れるし」

気が紛れる……？

オンエアが待ちきれなくて、そわそわするから何かして落ち着かせておこうという意味だろうか。まさに今の僕はそんな感じだけど、だとすれば気が紛れるという言い方はしない気がする。

ちょっと引っかかってしまったけど、玲奈がテレビ台の下からゲーム機を持ってきたことで僕は一度考えるのをやめた。

「ソフトはけっこうあるけど、どれがやりたいとかあるかしら？」

「いや、僕はあんまりゲームやらないからよくわからなくて……初めてでも操作が簡単にできるやつがあればいいんだけど」

「うーん、それならこのあたりね」

玲奈はパッケージを一つ選んで手に取ると、ゲーム機に挿《さ》し込んだ。そのあとテレビを起動して素早《すばや》くセットアップを進めていった。そんな様子は手慣れたもので、何というか少し意外だった。

「けっこうゲームとかやるんだ、玲奈」

「そうね、仕事も忙《いそが》しいからあんまりやる時間はないけど……気分転換《てんかん》したいときとかにやってるわ」

「いいなあ、けっこう多趣味《たしゅみ》なんだね。漫画《まんが》もたくさん読むって言ってたし」

「海斗はどうしてるの？　オフのときは」

「いやあ……僕はずっと役者としてずっとうまくいってなかったから、少しでも演技を磨《みが》きたいと思って暇《ひま》な時間はずっと練習してたかな。そのせいであんまり趣味《しゅみ》らしい趣味がなくて困ってるんだよね」

「へー、本当にストイックなのね……」

玲奈は感心したように首肯《しゅこう》した。

そんな話をしているうちにこくこくとゲームのセットアップが完了《かんりょう》し、僕は玲奈からコントローラーを一つ受け取った。

丸っこくて可愛らしいキャラクターを操作して怪獣《かいじゅう》たちと戦う、というのが基本的なコンセプトらしい。有名なゲームで僕もキャラクター自体は見たことがあった。

「操作は簡単だから、五分もあれば覚えられると思うわ。一緒にチュートリアルをやってみましょう」

「わかった、やってみるよ」

そうしてチュートリアルをプレイすると、確かに操作は簡単でわかりやすかった。操作を覚えたらさっそく協力プレイでゲームを始める。玲奈はかなりやりこんでいるらしく、僕は足を引っ張ってばかりだったけど何とかボス戦まで辿《たど》り着いた。

ボス戦は火を噴《ふ》く骨の怪獣だった。

今までの敵とはレベルの違う強さに、僕はあっさりと吹《ふ》き飛ばされてしまう。だけど玲奈が素早くサポートしてくれたから致命傷《ちめいしょう》に至らずに済んだ。一度回復をしてから玲奈の下まで動き、怪獣に一発食《く》らわせてやる。

手《て》に汗握《あせにぎ》る一進一退の攻防《こうぼう》が続き、僕のキャラの体力はどんどん削《けず》られていった。もうあと一撃《いちげき》食らったらゲームオーバーというところまで追い詰《つ》められたけど、そこで繰り出した攻撃《こうげき》で怪獣は吹き飛び――そして、倒れた。

「やったあ！」

思わず声を上げてしまった僕。だけど、隣の玲奈の反応は薄かった。何というか、心ここにあらずという感じだった。

僕は一度コントローラーを置き、玲奈に尋ねてみた。

「一回、休憩《きゅうけい》する？」

「あっ……うん、そうね」

「飲み物でも持ってくるよ。何がいい？」

「じゃあオレンジジュースをお願い」

「了解《りょうかい》、ちょっと待っててね」

僕は早足で冷蔵庫まで向かい、紙パックのオレンジジュースを取り出した。一リットルサイズで、濃縮還元《のうしゅくかんげん》ではなくストレートの高級なやつだ。それをコップ二つにそれぞれ注ぐと、リビングルームへと戻ってきた。

玲奈を見ると、ソファーに座ったままぼんやりと窓の外を眺《なが》めていた。そんな様子はどこか物憂《ものう》げで、僕は何となく違和感《いわかん》を覚えてしまっていた。

(何だろう……何か、引っかかるんだよなあ)

今日だけじゃない。ここ一週間くらい、玲奈の様子はちょっぴり変だった。

目に見える部分でも、夜更《よふ》かしやダイエットをしたり、授業中に集中力を切らしていたりということがあった。それ以外にもうまく言語化はできないけど、振る舞《ま》いがどこかいつもと違うと感じることがたくさんあった。

マネージャーとして玲奈を支えている花梨さんを含《ふく》め、周りの人は特に気づいていないようだった。だからほんの小さな違いなのかもしれないけど、それでも、やはり気のせいではないだろうと僕は確信を持っていた。

これはある種の職業病なのかもしれない。

僕の演技は自分だけでなく、共演者やカメラの位置などたくさんのものに気を配って構築していくタイプの演技だ。だからこその演技を磨く中で、些細《ささい》な違いや変化にも敏感《びんかん》に反応できる観察眼を養ってきた。

そんな僕の観察眼が、玲奈の異変を告げていたのだ。

「はい、玲奈。オレンジジュース」

「ありがとう、海斗」

だから僕は、直接聞いてみることにした。

ソファーに腰《こし》を下ろし、玲奈にオレンジジュースを手渡《てわた》したあと、僕は玲奈の方に体を向けて言葉をかけた。

「あのさ……玲奈、何か悩《なや》んでることとかない？」

「えっ？　わ、私？」

「ここ最近、少し様子が変だからさ。僕なんかじゃ力になれないかもしれないけど、それでも相談くらいならいつでも乗るよ」

するとと玲奈は驚いたように目を見開いた。

それから一度口を開こうとしたけれど、直前で思いとどまったのか首を横に振り、張り付けたような笑顔《えがお》を浮《う》かべてみせた。

「ううん、特に悩んでることはないわ」

「本当に？」

「本当よ。でも、ありがとう海斗。これから相談したいことがあったら頼《たよ》りにさせてもらうわね」

「ああうん、それはいいんだけど……」

僕はそう言いつつも、やはり何か引っ掛《か》かっていた。

口では悩んでいることなどないと言っている玲奈だけど、様子はおかしいままだ。何か隠しているようだった。

いったい何なんだろう。

考えている最中、僕は、こんな状況《じょうきょう》が昔もあったような気がしてきてしまった。

その記憶の糸を辿っているうちに――

僕の脳《のう》裏には、八年前の光景がフラッシュバックしていた。

『その……明日の劇、出たくないかも……』

『ええっどうして？　あんなに練習したのに？』

『だってだって……やっぱり怖《こわ》いんだもん』

そうだ。

八年前、僕と玲奈で『白雪姫《しらゆきひめ》』を演じたときのこと。

臆病《おくびょう》で引っ込み思案《じあん》だった玲奈が白雪姫役を演じるとなって最初は不安だったけど、予想外に玲奈には演技の才能があった。それで練習は順調に進んでいたんだけど、本番前日になって、玲奈は僕の家にやってきて泣きついてきたのだった。

玲奈が来たときは突然《とつぜん》のことだと思ってびっくりしたけど、振り返ってみれば色々と兆候はあった。学校では少し眠そうにしていたし、給食は残しがちになっていた。授業中はときどきぼおっとしていた。それでいて僕が声をかけると、張り付けたような笑顔で大丈夫だと答えていた。

幼い僕は、そんな玲奈の些細な違和感に気づくことができなかった。

だから玲奈が泣きついてきた日、玲奈が帰ったあとに僕はたっぷり反省した。なんでもっと早く気づいてあげられなかったのだろうと。

そして——ここ一週間の玲奈は、あのときの玲奈と重なっていた。

(だけど……そんなこと、あるのかな)

玲奈があのときと同じように、本番、つまりドラマの初回放送を怖がっているとか不安に感じているとは思えなかった。

だって、たくさんの実績を積み重ねてきた天才女優なのだ。ドラマや映画の出演本数は数え切れないし、主演経験だって同年代の誰《だれ》よりも多い。そんな玲奈が今更オンエアに動じているとは思えない。初主演作品のオンエアだからと浮足立《うきあしだ》っている僕とは違うのだ。ばかばかしい。僕は自分の考えをあっさり切り捨てしようとした。

だけどそこで、一つのことを思い出した。僕は玲奈と再会するまで、玲奈が今もちょっぴり臆病で引っ込み思案な性格のままだということを知らなかったのだ。メディアに出ている姿や普段《ふだん》の姿がそのまま玲奈の素だと思っていた。

でも玲奈は変わっていなくて、ただ、大好きな女優業を円滑《えんかつ》に進めるために天才女優にふさわしい社交的な姿を演じているのであった。僕や花梨さんと喋《しゃべ》っているときの玲奈は世間のイメージよりもどこか子供っぽくて可愛らしい、等身大の女の子なのだ。

僕は再会してからしばらく、天才女優としての玲奈のイメージに引っ張られて玲奈に少し距離《きょり》を置いた接し方をしてしまった。

同じ轍《てつ》を踏《ふ》まないためにも、変な先入観は取っ払《ぱら》って玲奈のことを見よう。

僕はそう考えて玲奈のことをじっと見つめた。

そして、少し遠慮がちに、ゆっくりと口を開いた。

「ねえ、玲奈」

「なに？」

「的外れなことを言ってるかもしれないんだけどさ、えっともしかして、オンエアが始まるのが怖いとか思ってたりする？」

僕がその言葉を口にした途端《とたん》、玲奈はかあっと耳まで真っ赤になった。

膝《ひざ》に置いていた小さな枕《まくら》を手に持ってぎゅっと顔をうずめてしまった玲奈は、それからしばらくして顔を上げると、こわごわ聞き返してきた。

「ど、どうしてそう思うのっ？」

「ここ最近、ずっと何か変だったからさ。学校で眠そうにしてたり、ご飯あんまり食べてなかったりさ。そのほかにも振る舞いにちょっぴり違和感があったというか……うまく言語化はできないんだけど」

「ね、眠かったのはただ漫画にハマってただけって言ったでしょ！　ご飯食べてなかったのもダイエットのためだし……」

「いや、考えてみれば玲奈が仕事の前日にだらだら夜更かしするとは思えないし。なかなか寝付《ねつ》けなかったから仕方なく漫画を読んでた、とかじゃないのかな？」

玲奈が女優業にすごく真面目に打ち込んでいるのは一緒に仕事していてわかる。そんな玲奈が漫画にハマって夜更かしをしてしまった、というのがそもそも不自然なのだ。ダイエットについては本当かもしれないけれど、それにしても玲奈の華奢《きゃしゃ》な身体でこれ以上絞《しぼ》る必要があるとは思えなかった。

僕は、更《さら》に続ける。

「昔さ、『白雪姫』を一緒に演じたとき……本番前日に僕の家に駆《か》けこんできて泣きついてきたよね。あの少し前も、今みたいに振る舞いとか様子も変だったから」

「そうだったかしら……」

「正直、玲奈が今更オンエアを怖がったり不安に思ったりするとは思えなかったんだけど、でも色々考えてたらやっぱりそんな気がして」

玲奈はふうと嘆息《たんそく》し、それから照れ笑いを浮かべた。

「海斗には、敵《かな》わないわね」

そう言ってから玲奈は両手を上げ、降参のポーズを作ってみせた。そしてそれからおもむろに打ち明け始めた。

「海斗の言う通り、実はここ最近、オンエアのことが頭にちらついちゃって……うまく演技できてたかとか、視聴者《しちょうしゃ》が評価してくれるかとか、そういうことが不安で調子が悪かったの。一応隠してるつもりだったんだけど……」

「そうだったんだ。玲奈、いつもオンエア前はこんな感じなの？」

「うーん……初めてドラマに出させてもらったときはそれこそ緊張《きんちょう》で数日前からほとんど寝られなかったけど、最近はだいぶ克服《こくふく》してたと思う。せいぜい前日に寝られなくなるくらいだったから」

それでもメディアでのイメージからは想像もつかないことだ。僕は玲奈が本当な臆病な女の子だと知っているから納得《なっとく》できるけど、たぶんテレビで話しても大半の視聴者は信じてくれないだろう。

「でも、それなら何で今回は」

「だって……『初恋の季節』は、私にとって特別な作品だもん」

「特別？」

「うん。私にとって恋愛《れんあい》もののヒロインを演じる初の作品だし、海斗みたいな色んなものに注意を向けたクレバーな演技を取り入れて自分の演技を飛躍《ひやく》させようとした挑戦的《ちょうせんてき》な作品でもあって……だけど一番は、八年間ずっと待ち望んできた、海斗との共演作だから」

玲奈は最後の部分に力を入れて、そう言った。

そして一回息をつくと、ゆっくりと続けた。

「海斗との約束通り、最高の作品になってほしい。この作品を通じて海斗が世間に知られるようになってほしいし、私も今までで一番高い評価を受けたい。そんなふうに色々欲張っちゃって、それがプレッシャーになってるのかも……」

「……玲奈」

「こんなこと周りになかなか言い出せなくて。私のことを隙《すき》のない天才女優だと思っている人たちはもちろん、花梨さんとか海斗にも」

思いをありのままに語った玲奈は、もう自分を取り繕《つくろ》おうとはしなかった。

不安げに瞳《ひとみ》を揺《ゆ》らすその姿は——天才女優とはおよそ似つかわしくないもので。

それよりもむしろ、八年前の幼い玲奈のようだった。

泣き顔で僕の下に相談しに来た昔の玲奈が、今の玲奈と重なって見える。

僕は無意識のうちに、あのときと同じように、玲奈の頭にそっと手を伸《の》ばしていた。

「あっ……」

玲奈は、柔《やわ》らかい声を出した。

そうして僕は玲奈の頭を撫《な》でていたのだけど、少しして僕は自分が何をしていたかに気づき、びっくりして手を離《はな》した。

「ご、ごめん！　その、えっと、変なつもりじゃなくて」

怒《おこ》られると思って慌てて弁解を始めた僕だったけど、玲奈は頬を朱《しゅ》に染めたまま、恥《は》ずかしさを隠すように少しだけ視線を下げた。

「いいの……それより」

そして、甘《あま》えるような上目遣《うわめづか》いで、言った。

「もうちょっと……続けて」

「え？　う、うん」

ためらいはあったものの、僕は請《こ》われるままにもう一度頭を撫でてあげた。

すると玲奈は僕の方に体を寄せ、もたれかかるように体を預けてきた。そのせいで、僕たちはかなり密着した体勢となった。そのまま僕は玲奈の頭を優《やさ》しく撫で続けていた。

どれくらいそうしていただろう。

しばらくしたところで、どちらからともなく離れた。玲奈は火が付いたのかと思うくらい顔を真っ赤にしていたし、僕もたぶん同じような感じになっていたと思う。少しして、玲奈はゆっくりと口を開いた。

「あ……ありがとう。だいぶ落ち着いたわ」

「ど、どういたしまして」

ぎこちない返事を返すのは僕。それで会話が途切《とぎ》れてしまい、僕は何を言ったものか困ってしまったけど——一番伝えたいことを伝えることにした。

「あのさ。もし僕でよければいつでも相談に乗るし、話聞くから。悩んでることとか困ってることがあったら、遠慮なく言ってくれると嬉《うれ》しいな」

するとと玲奈はにっこり微笑《ほほえ》んだ。

「ありがとう海斗。わかったわ、約束する。今度からは自分だけで抱《かか》え込まずに、相談させてもらうわ」

「うん。それじゃあ、そろそろオンエアの時間だし……テレビつける？」

玲奈は少し表情を硬《かた》くしたけど、こくりと頷《うなず》く。

「大丈夫だよ。現場の一番近くで見てた僕が断言するけどさ、玲奈の演技は間違《まちが》いなく良かったよ」

「そう、よね」

そうしてオンエアの時間がやってきた。

テレビをつけてチャンネルをセットしたあと、僕たちは携帯《けいたい》を取り出してSNSでドラマに関する投稿《とうこう》を眺めていた。視聴者のリアルタイムでの投稿を追いながらオンエアを観てしまうというのはSNS時代の俳優の悲しい性《さが》だ。

タイトルの略称《りやくしよう》をひらがなにした「＃こいきせ」が番組公式のハッシュタグで、放送直

前とあってリアルタイムでたくさんの投稿が流れてきた。それは今までのものとあまり変わらず、玲奈の初ヒロインを楽しみにする声が一番多く、その次が僕のキャスティングへの不満の声だった。

それから放送が始まると、投稿量はいっきに加速する。

第一話は明久とあかりの出会いが中心だ。真反対の性格であり、同じクラスではあるが今まで交わることのなかった二人は、明久があかりの秘密を知ってしまうことで関係性を持つ。そしてあかりに巻き込まれるように、明久は少し不思議な体験へと足を踏み入れることになる。

二人の出会いや初々《ういうい》しい掛け合い、瑞々《みずみず》しい青春、そして怪奇《かいき》と目の離せない展開。

そんな盛りだくさんの第一話を、巧《たく》みな編集が彩《いろど》る。

僕と玲奈は途中《とちゅう》から、ほとんど言葉を発さずに画面を見つめていた。

最後の五分では、二人の関係性を動揺《どうよう》させる急展開がやってくる。新たな事実が連続して提示され、物語が動き、勢いをまっすぐ保ったままエンドロールへと入った。

エンディング映像が流れ始めたところで、僕たちはふうと息をついた。

「……良かったね」

「……うん」

僕が目指した主演の演技は、自分で見るかぎり非常に高い完成度で実現できていた。主演として輝《かがや》くのと同時に、作品自体がより良いものになるような工夫《くふう》を演技の中で表現することができた。

玲奈の演技もいつも通り、いやいつも以上に完成度が高く洗練されているように感じたし、ドラマの内容もとても面白かった。素晴《すば》らしい第一話だった、と僕も玲奈も素直《すなお》にそう感じていた。

「わあっ！　トレンド一位に公式のハッシュタグが入ってる！」

「本当だ、すごいね！」

視聴者の反応は、好意的なものばかりだった。反響《はんきょう》は大きく、ドラマ関連のキーワードがいくつもトレンド入りしていた。第一話としてはまさしく大成功だ。

僕たちは、思わずハイタッチを交《か》わしていたのだった。

＊

そして翌朝起きて携帯を見ると、とんでもないことになっていた。

僕は仕事用のＳＮＳアカウントを持っている。フォロワー数は一万人くらいだ。七桁《けた》のフォロワーを抱える玲奈とは比べ物にもならないけど、告知や日常の写真を上げれば反応してくれるファンも少しはいて、そこそこの頻度《ひんど》で動かしていた。

そのアカウントのフォロワー数が――たった一晩でなんと十倍に増えていたのだ。

ロック画面には数え切れないほどの通知が溜《た》まっていた。ドラマの出演を告知した投稿は昨日までいいね数が五百くらいだったのに、いつの間にか万単位のいいねが付けられている。見たことない量のリプライやＤＭも届いていて、僕は一つ一つ見てしまった。

「第一話最高でした！」「天野くんの演技好きすぎてファンになりました！」「玲奈ちゃんとのイチャイチャ、尊すぎました……幼馴染《おさななじみ》同士ってことで息ぴったりですね」「撮影《さつえい》のオフショットとかも観たいです。玲奈ちゃんとの絡《から》みとか！」「これから毎週楽しみです！」「演技がうまくて引き込まれました、応援《おうえん》します！」

（うわあ……すごい……）

動悸《どうき》が止まらない。経験したことのない反響の大きさだった。

それも温かいコメントばかりで、キャスト発表のときネガティヴな反応ばかりで大荒《おおあ》れになっていたのが嘘みたいだった。

僕はしばらくコメントを眺めていた。そのあと朝の支度《したく》をするときも何となく浮《うわ》ついた気分になってしまっていた。いつもは家を出る前に三十分ほど練習の時間をとっているのだけど、どうしても集中できないので、僕ははやく家を出ることにした。

そうして登校している途中、僕はいつになく視線を感じていた。

（……何か見られてる気がするなあ）

僕の家から星水学園までは電車と徒歩で三十分ほどだ。

玲奈と違《ちが》って一人で外を出歩くときに変装をする習慣のなかった僕は、今日も特に何もせずに電車に乗っていた。席が空いていたので台本とボールペンを持って隙間《すきま》時間にも練習をしていたのだけど、どうも落ち着かない。

さすがに自意識過剰《かじょう》かなと思っていたけれど、そうでもなかったらしい。

学校の最寄《もより》駅で降車して改札を出たところで、僕は突然後ろから声をかけられた。

「あの、すいません！」

「天野海斗さんですよね！」

制服を見るに他校生のようだ。女の子二人組で、見た目は中学生くらいだった。

僕は名前を呼ばれたことに驚《おどろ》き、首を傾《かし》げてしまう。

「そうだけど……どうしたの？」

「き、昨日のドラマ観ました！　めっちゃ良かったです！」

「そ、それで、よかったら握手《あくしゅ》してほしくて！」

「わ、私もお願いします！」

ガチガチに緊張した二人を見て、ぽかんとしてしまった。そんなことを言われた経験がないので、どう反応すればよいものかわからない。

「えっ……僕でいいの？」

「は、はい！」

「握手くらいなら全然いいけど……えっと、ありがとうね」

とりあえず手を握《にぎ》ってあげると、二人は頬を紅潮させてきゃーきゃー歓声《かんせい》をあげた。そのあと写真撮影にも応じると二人は更に興奮した様子だった。応援してます、頑張《がんば》ってください、そう言って二人は去っていった。

僕はそんな二人の後ろ姿を、狐《きつね》にでも化かされたように呆然と見つめていたけれど、すると今度はぽんと肩《かた》を叩《たた》かれた。

「おはよう海斗」

「あっ！　玲奈！」

「これ、あげる。多少は効果あるわよ」

どうやら同じ電車だったらしい。今まで登校中に会ったことはなかったけど、早めに家を出たことで時間が重なったみたいだった。

玲奈が渡《わた》してきたのは使い捨てのマスクだった。玲奈本人は今日もばっちり黒いマスクと帽子《ぼうし》、サングラスという恰好《かっこう》で変装はばっちりである。

「それにしても、だめじゃない。そんな無防備に素顔晒《すがおさら》してたら」

「いやびっくりしたよ。本当に街中歩いてて声かけられることってあるんだね。有名人になったみたいで嬉しくなっちゃった」

「なったみたい、じゃなくて海斗はもう有名人よ。ちゃんと自覚をもってよね」

「そうなのかな……ううん、何か実感がわかなくて」

『初恋の季節』の第一話は大反響《だいはんきょう》で、さっそくいくつかのネットニュースにも取り上げられていた。『杉野《すぎの》のぶらり旅』での発言も改めて掘《ほ》り返され、八年ぶりに再会した幼馴染同士での共演という僕と玲奈の関係もニュースになっていた。

「でもこの作品がきっかけに人気が出たら、本当に玲奈のおかげだよ。玲奈のおかげで作品の注目度は最初から今期ドラマで断トツだったし、僕はその恩恵《おんけい》を受けさせてもらったって感じだから」

「ううん、そんなことないわ。海斗の演技をみんな評価してくれてるのよ。海斗が今まで頑張って積み上げてきたものが、ようやく世間に見つかったってだけ。それがたまたま『初恋の季節』だっただけで、私の力じゃないわよ」

玲奈はそう言ってから、照れくさそうに俯《うつむ》いた。

「それよりも昨日ありがとう、海斗」

「あ、うん」

「私、今まであんなふうに甘えられる相手とかいなかったから……色々恥ずかしいことも言っちゃって、その……海斗が帰ったあと、思い出してずっとばたばたしてた。ごめんね、なるべくなら忘れてほしいんだけど」

変装しているから表情は見えないけど、唯一《ゆいいつ》外に見える耳が真っ赤になっていたから、玲奈はひどく赤面しているんだろう。僕もあのときは勢いに流されてしまった部分があって、思い出すだけで顔から火が出てしまいそうだ。

「でも、忘れられないよ。昨日の玲奈、すっごく可愛《かわい》かったし」

「ひゃあっ」

「今までも短い期間だけど玲奈とは毎日のように一緒《いっしょ》にいるし、その前もテレビ越《ご》しにたくさん見てたけど……昨日の玲奈が一番可愛かったと思う。本当に、全国のファンに届けてあげたいくらいだった」

社交的な人間を演じている日常の玲奈も、清楚《せいそ》でお淑《しと》やかで魅力的《みりょくてき》な女の子だ。

女優としてカメラの前に立った玲奈も、役と一体化した唯一無二《ゆいいつむに》の輝きを放つ。

だけど、純粋《じゅんすい》に一人の女の子としてみれば、僕が一番ドキドキしたのは昨日の玲奈だ。

あの姿をドラマでも見せられたら、視聴者は間違いなくときめいてくれるだろう。玲奈の新境地として、作品は更に光《ひか》り輝くはずだ。

そんなことを考えていた僕だけど――

ふと、手に柔らかい感触《かんしょく》を感じて、現実に引き戻《もど》される。

見ると、玲奈がちょこんと手を出して、僕の手をぎゅっと握っていたのだった。

「えっ、どうしたの玲奈」

「あっ、ち、違うのっ！　その、これは間違えて！」

玲奈は慌《あわ》ててぱっと手を離し、それからばたばたと両手を振ってごまかすような素振《そぶ》りを見せた。

いったいどうしたんだろう？

それから学校に向かうまでの間も、隣を歩く玲奈は、なぜか昨日までよりも少しだけ距離を詰めてきたのだった。

そして僕《ぼく》たちが教室に着くと、わあっとクラスメートたちが群がってきた。

「水沢さん！　昨日のオンエア観たよ、めっちゃ良かった！」

「ありがとうございます、松井さん」

「ヒロインを演じる水沢さんってどんな感じなんだろうと思ったけど、超可愛《ちょうかわい》かった！」

「そうでしたか。そう言っていただけるととても嬉しいです」

芸能科ということもあり、登校しているクラスメートの大半が昨日のオンエアを観てくれていたらしい。玲奈がみんなから囲まれてわいわい盛り上がるという見慣れた光景になると思いきや、今日は違った。

「天野くん、観たよ！　超《ちょう》よかった！」

「あんな演技できるんだね、びっくりした！」

「水沢さんに全然負けてなかったよ！」

僕の方にも、少なくないクラスメートが集まってくれたのだ。

さっきの握手を求めてきた女の子たちに続き、昨日のオンエアの劇的な威力《いりょく》を体感させられる僕だった。一通り話を終えるとクラスメートたちは離れていったけど、すると、そこで玲奈の方に話しかけていた女子数人が僕の方にやってきた。

僕が主演を担当することが発表された日、キャスティングに対する不満を口にして玲奈を怒らせてしまった面々だった。あれからも玲奈とは仲良くやっており、よく一緒にいるところを見る。

そんな女子たちは、僕の前に来るとぺこりと頭を下げた。

「ごめんね天野くん！　キャスティングのとき色々嫌《いや》なこと言っちゃって。すっごく良かったよ、水沢さんの初ヒロイン役の相方が天野くんでよかったと思う！」

僕は突然のことに戸惑《とまど》ってしまう。

「え？　あ、いや、全然気にしてないし大丈夫《だいじょうぶ》だよ」

「でも……私たちの気が済まないっていうか」

「お詫《わ》びにデートしてあげよっか？」

「というか普通《ふつう》に今度どこか行こうよ！　カラオケでもボーリングでも」

「あはは……ごめん、今は毎日撮影で忙しくて、でも誘《さそ》ってくれてありがとう。そのうち水沢さんも呼んでどこか行こうよ」

「えっ水沢さん誘えるのっ？　さっすが天野君、大好きー！」

一人がふざけて僕の背中にもたれかかってきた。制服越しに胸が当たり、僕はびくりとしてしまう。

と、そのとき、少し離れた場所で話していた玲奈と目が合った。

玲奈は僕のことをじいっと見ていた。その表情は、いつになく硬かった。

オンエア効果はそれだけにとどまらなかった。

四時間目の体育の授業が終わり、靴《くつ》を履《は》き替《か》えようと下駄箱《げたばこ》を開けると、ふわりと一枚の手紙が落ちてきたのだ。

それを拾って中身を見てみると——なんと、ラブレターのようだった。

今までの人生でそんなもの貰《もら》ったことはなかったから、心臓がバクバクと跳《は》ねた。差出人は書いていないけど、芸能科の校舎には普通科《ふつうか》の生徒が入れないルールになっているから芸能科の誰かのはずだ。

手紙には手書きの丸文字で、昼休みに校舎裏に来てほしいとだけ書いてあった。僕がそれを見ているとちょうど後ろを玲奈が通りかかった。クラスメートたちと談笑《だんしょう》しながら歩いているところだったけど、僕は横から割《わ》り込《こ》むように玲奈に話しかけた。

「あ、水沢さん」

「どうしたんですか、天野くん?」

玲奈は立ち止まり、お淑やかな笑《え》みを浮かべる。

「今日のお昼の練習、申し訳ないんだけどパスさせてくれないかな」

「ええもちろん。何か用事があるんですか？」

「用事というか……ちょっと呼び出しを受けちゃって」

「呼び出し、ですか？」

するとそこで取り巻きの一人が僕の右手に握られているハート型のシールが付いた手紙を見つけ、きゃあと黄色い歓声を上げた。

「それ、もしかしてラブレターじゃないの？」

「うわあ、天野くんモテモテじゃん！」

「ま、まあ……もしかしたらいたずらかもしれないけど」

僕は気恥《きは》ずかしさからぎこちない作り笑いを浮かべた。

「というわけでごめんね水沢さん、また放課後の撮影で」

「あっ……」

玲奈は何か言おうとしたみたいだったが、そのまま口を閉じてしまった。僕は相手のことを待たせるのも悪いのでその場をあとにして校舎裏へと向かった。

するとそこに立っていたのは中等部の女の子だった。去年僕と同じ委員会に所属していて、ちょこちょこ話したことがある。確か歌手の卵として事務所に入って頑張っていると聞いた。

「あ、天野先輩《せんぱい》、お久しぶりです！　すみません今日は急にお呼び出しして」

「いいよいいよ。この手紙は山北さんがくれたんだね」

「はい……そ、それで、いきなりなんですけど」

山北さんはごくりと唾《つば》を呑《の》んでから、ぐっと前のめりになって言ってきた。

「先輩、私と付き合ってください！」

昔の玲奈を除けば、こんなこと言われたのははじめてだった。

ある程度予想はできていたとはいえ、僕は反応に窮《きゅう》してしまう。

山北さんは、それから恥ずかしそうに続けた。

「一緒に委員会をやってたときからいいなと思ってたんですけど……昨日のオンエア観て、私のクラスでも先輩のことカッコいいとか気になるとか友達が言ってて、それで……今言わないと間に合わないかな、と思っちゃって」

「そうなんだ……えっと、まずはありがとう。僕なんかを好きになってくれて」

僕はそこまで言ってから、少し声のトーンを落として言葉を続けた。

「でも……ごめんね。僕、好きな女の子というか……気になってる子がいて。だから山北さんの気持ちには応えられない、かな」

そのとき僕の脳裏に浮かんでいたのは、無邪気《むじゃき》な笑みを浮かべる幼馴染の姿。

好きと言い切らなかったのは――まだ正直、僕が抱《いだ》いている感情が恋愛感情なのか、よくわからなかったからだ。

八年前に別れてから、天才女優としての姿だけを見て、憧《あこが》れや目標の存在として意識していた。だけど再会してからはもっと色々な玲奈を知ることができた。昔と変わらない臆病なところ、ちょっぴり子供っぽくて可愛いところ。それでいて女優をしているときは抜《ばっ》群《ぐん》のパフォーマンスを見せてくれるし、すごく頼りになる。

そんな玲奈に自分が惹《ひ》かれているのは間違いなかった。

八年を経て抜群の美少女となった玲奈にドキドキさせられることもしょっちゅうだ。

それが恋愛感情まで発展しているのかはまだ自分でもわからないし、玲奈と自分が男女として釣《つ》り合っている自信もないけど、それでも玲奈以外の恋人《こいびと》がほしいという気にはなれなかった。

「そう、ですか……」

山北さんは僕の返事を聞いて、がっくりとうなだれる。

「それは、やっぱり……」

そして何かを言いかけたけど、寸前で言葉を止めた。そのまま僕から顔をそむけると、代わりに早口でまくし立ててきた。

「その、これからも今まで通り接してもらえると嬉しいです！　先輩のこと、応援してますから！」

「あ、うん。ありがとうね」

「で……では」

走り去っていく山北さん。

その後ろ姿を見て、僕はずきずきと胸が痛むのを感じた。

＊

その日の放課後は撮影で、僕と玲奈は花梨さんの車で二人まとめて送迎《そうげい》されることになっていた。

有希さんが体調を崩《くず》して遠方ロケを欠席した一件のあと、有希さんは埋《う》め合わせに何度か花梨さんの仕事を肩代《かたが》わりした。それをきっかけに学校からの送迎は姉妹《しまい》で交互《こうご》に担当するという習慣ができて、最近は後部座席で隣同士《となりどうし》に座《すわ》るのが当たり前になっている。

僕としても現場に入る直前の練習や確認《かくにん》ができるうえ、玲奈と一緒の時間も増えるので、願ってもないことだった。

しかし、その日は玲奈の様子が明らかにおかしかった。

僕が来たときには玲奈はすでに車に乗り込んでいたのだけど、僕が隣《となり》に座ると、何かそわそわして落ち着かない様子だった。

「玲奈、どうしたの？」

「え？　ど、どうもしてないわよ」

口ではそう言うけれど、なぜか目も合わせてくれない。

玲奈にしては珍《めずら》しい、やや不機嫌《ふきげん》な表情だった。

仕方がないので僕は話しかけないでおくことにした。代わりに携帯を取り出し、有希さんからのメッセージに返信しておくことにした。

〈ごめんね天野君、あたし現場に着くのは五時過ぎになりそう！〉

〈了解《りょうかい》です、大丈夫ですよ。忙《いそが》しいんですか？〉

〈うん、オンエアの評判で仕事のオファーが殺到《さっとう》してて大忙《おおいそが》しだよー。今日の撮影の合間にもオファー受けるかの確認したいから楽屋に戻ってきてね〉

〈はい、わかりました。よろしくお願いします〉

こちらがメッセージを打つと有希さんからもすぐ返信が返ってきたので、二度のやりとりで業務連絡《れんらく》をすませた。有希さんが雪だるまの笑っているへんてこなスタンプを送ってきたから、僕も適当なスタンプを送った。

そうして一度画面から目を離すと、隣の玲奈がじいっとこちらを見つめていることに気づいた。

「え、玲奈どうしたの？」

目が合ったので尋《たず》ねてみたところ、玲奈は慌てた様子で顔を逸《そ》らした。

「な、何でもないっ！」

「いやいや、さすがに無理があるよ。すごい目でこっち見てたし」

「私はただ……誰とメッセージしてるのかなと思って見てただけだもん」

「誰と？　いや、有希さんと仕事の話してただけだけど」

玲奈の言葉の意味がわからず、首を傾げてしまった。すると玲奈は拍子抜《ひょうしぬ》けしたような表情を浮《う》かべ、そのあとふうと安心したように息をついた。

「な、何だ……すごくにやにやしながら携帯見てたから、てっきり……」

「え？　ぼ、僕そんなにやけてた？　いや、有希さんが昨日のオンエア効果で仕事のオファーがいっぱい来てるっていうからつい嬉しくて」

「そ、そうだったのね。確かにうちのところにも来てたわよね、花梨さん？」

「ええ。あとで一緒に確認しようと思っていたところです」

運転席の花梨さんは基本的に僕たちの会話には割り込んでこないのだけど、玲奈から話を振《ふ》られたので端的《たんてき》にそう答えた。

玲奈はそれで疑問が解決したらしく、満足げな表情を浮かべていたけれど、僕の方は疑問が残ったままだった。僕はそれを素直にぶつけていた。

「それで、玲奈はいったい何と誤解してたの？」

「えっ……？　あ、いや……」

「玲奈、昨日言ってくれたじゃん。何かあったら遠慮《えんりょ》なく相談するって。さっそくこんな感じだと僕もちょっと傷つくんだけど……」

ごまかそうとしていた玲奈だけど、僕がそう言うと観念したように肩を落とした。

そして、恥ずかしそうに俯きながら、小さな声で言った。

「か……海斗が、彼女《かのじょ》と連絡してるのかなあ、と思って」

「……ええっ？」

しかし、あまりにも予想外な答えだったため僕は固まってしまう。

玲奈は弁解するようにぐっと前のめりになってまくしたててきた。

「だ、だって！　海斗、今日のお昼に告白されてたから！」

「いや、確かにそうだけど」

「それだけじゃなくて、今日の海斗、モテモテだったもん！　朝は女の子二人に道端《みちばた》で声かけられて、クラスではきゃーきゃー騒《さわ》がれてて……」

玲奈はそこまで言うと、また俯いてしまった。

何と反応すればいいのかわからずに戸惑ってしまったけど、僕はまず端的に事実から口にすることにした。

「とりあえず、僕、彼女なんていないから。今日の告白も結局断っちゃったし」

「ほ、本当？」

「もちろん。嘘《うそ》なんてついても仕方ないよ」

すると玲奈はほっと胸を撫で下ろしたけれど、それからすぐにぐっと詰《つ》め寄ってきた。

「ねえ海斗、覚えてるでしょ？　私たちの約束」

「え？　あ、うん。二人で最高の作品を作ろうって約束したよね」

「だ、だから、最高の作品を作るためにもこの仕事に集中しなきゃだめ！　他の女の子に現《うつつ》を抜《ぬ》かしてるなんて、だめなんだからね！」

そう言って、真剣《しんけん》な表情のままびしっと指を突《つ》き立ててくる玲奈。ものすごい剣幕《けんまく》に、僕はたじたじになってしまった。

「別に女の子に現を抜かすつもりなんかないけど……」

「わ、わからないじゃない！　昨日の今日であんな感じなんだし」

「わかったよ。それならこの撮影が終わるまで、彼女は作らないから。それでいい？」

もともと玲奈以外に彼女を作るつもりなんてないのだ。

僕が言うと、玲奈はやっと安心したように顔を綻《ほころ》ばせた。

「私も他で彼氏《かれし》作ったりはしないから。一緒にオールアップまで頑張りましょう」

「え、他で……？」

「あっ、ち、違うわよ！　特に深い意味はなくて……とにかく、約束だからね海斗！」

「うん。あと二か月、全力で頑張ろうね」

僕は玲奈とグータッチを交わし、改めてこれからも撮影に全力を注いでいくことを誓《ちか》い合った。


ところでその日――僕は休憩《きゅうけい》中に花梨さんに呼び出された。

場所は自販機《じはんき》のある休憩スペースだ。ちょうど先客はだれもおらず、二人きりだった。

花梨さんは開口一番、ぺこりと礼を言ってきた。

「水沢の件、本当にありがとうございました」

「いや……僕は全然大したことはしてませんから」

「そんなことありません。こちらとしては大助かりです」

僕は昨日の一件を花梨さんに電話で報告していたのだ。この前、何かあったら教えてほしいと言われていたため、事の経緯《けいい》を簡単に伝えた。それで直接お礼がしたいと言われていたのだった。

「本来ならタレントのメンタルケアはマネージャーの仕事なのですが……不覚にもわたしは気づけませんでした、お恥ずかしいかぎりです」

「そんな！　僕は学校での振る舞《ま》いとかも見ていたので気づいただけで……」

「いえ、仮に同じものを見ていてもわたしではオンエアを怖《こわ》がっているなんて結論には辿《たど》り着けなかったです。わたしは天野さんのような鋭《するど》い観察力もありませんし、水沢の昔のことなんて知らなかったですから」

「そ、そうですかね……」

花梨さんは玲奈の三代目マネージャーで、担当して三年目と聞いている。僕よりも玲奈のことを長く見ているのだし、僕の知らない玲奈をたくさん知っているはずだ。今回はたまたま僕の方が気づけたというだけだとは思う。

だけど、花梨さんは唇《くちびる》を小さく尖《とが》らせた。

「天野さんには少し嫉妬《しっと》しちゃいます。担当マネージャーのわたしよりも、あの子のことを理解しているみたいで」

「す、すみません……」

何だか責められているような気分になって反射的に謝《あやま》ってしまった僕だけど、そうすると花梨さんはぷっと噴《ふ》き出した。

「冗談《じょうだん》ですよ。むしろ心強いです、わたしが気づけないような水沢の変化も天野さんならちゃんと気づいてくれそうですから」

「あ、まあ一応……できる範囲《はんい》で頑張ります」

「はい。これからも水沢をよろしくお願いしますね」

「もちろんです！　共演者として、できるかぎり玲奈の力になれるよう頑張ります！」

僕がそう言うと、花梨さんはちょっぴり意外そうに一度瞬《まばた》いたあと、楽しそうに笑みを浮かべたのだった。

第四章　幼馴染とのキスシーン

Filming a kiss scene with my genius actress childhood friend

それからも撮影は順調に進み、二週間後には第六話の撮影に差し掛《か》かっていた。

『初恋《はつこい》の季節』は一クール十二話のドラマだから、六話目が終わると物語はちょうど半分が過ぎることになる。そんな区切りの回ということで激動の展開が用意されており、六話の最後にはついに明久とあかりが恋人同士となる。

『じゃ、俺《おれ》は反対側だから……またな。今日は楽しかった』

『ま、待って！』

『ん？』

『その……もうちょっと歩かないかな？』

『……俺は構わないけど、寄っていきたい場所でもあるのか？』

『そういうわけじゃないんだけどさ、もう少しだけ明久君と一緒にいたいというか……だめ、かな？』

僕たちはいつも通り、屋上で読み合わせの練習を行っていた。

お互《たが》いに恋心《こいごころ》を口にできずにいた明久とあかりはとあるきっかけで二人で遊園地に行くことになる。やがて閉園時刻になってそのまま解散となる流れになっていたが、そこで勇気を振り絞《しぼ》ったあかりが明久のことを呼び止める。

二人は遠回りして帰ることになり、人影《ひとかげ》のない静かな公園で、あかりは告白の言葉を口にしようとする。しかし言葉がうまく出てこず、気まずい空気になってしまう。つっかえて出てこない言葉の代わりに、あかりは、不器用なキスで自分の気持ちを伝える――

「……ごめん、ちょっと止めていいかしら」

しかし、キスシーンに至る直前のところで玲奈《れな》は台詞《せりふ》を口にするのをやめ、代わりにそう僕に告げてきた。

「いいよ。どうかしたの？」

「その……次のシーンで、あかりと明久が……私と海斗《かいと》が、キスをするわけじゃない？」

「う、うん」

改めて言われると、どきりとしてしまう。

有希《ゆき》さんを通じて主演のオファーを受けたときにキスシーンの話も聞かされたけど、あのときはまだ玲奈との関係性もほとんどなかった。八年前の記憶《きおく》があるとはいえ、それ以降に関してはメディアを通じたイメージしか知らないという時期だった。だから玲奈とキスシーンを演じることを聞いてドキドキはしたけれども、今とは全く意味が違った。

ここ数か月、玲奈とはたくさんの時間を過ごしてきたのだ。幼馴染として、クラスメートとして、そして共演者として。学校や現場で毎日のように会って、お互いの関係性はかなり深まった。

だから、玲奈とキスシーンを演じることを仕事だと完全に割り切ってしまうことは、今の僕にはできそうもなかった。

そんな僕の心情はよそに——玲奈は静かに口を開く。

「考えてみたのよ。このシーンって公園を使ったロケ撮影だけど、香盤表《こうばん》を見るかぎりあんまりスケジュールに余裕《よゆう》なさそうじゃない」

「そうだね。前後の日に他のシーンの撮影がたくさん入ってたし」

「でも私たち……その、二人ともキスの経験がないでしょ？」

「そ、そうだね……」

「それなのにいきなり現場に入ってうまくいくかしら？」

「それは確かに心配だけど、何か良いアイデアでもあるの？」

僕は質問に質問を返した。

言われてみればキスシーンなんてぶっつけ本番でできる気はしない。唇を重ねるというくらいの知識しかないのだから、どんなふうに体を動かしてどういった角度から入れば一番映像映《ば》えするキスができるのかなんて全くわからない。

映像資料で研究するにしても限界はあるし、僕の演技手法だと特に練習が悩《なや》ましいところだった。だから良いアイデアがあるならぜひ聞きたいところだ。

と、玲奈は顔を赤らめて視線を逸らし、ぽつりと呟《つぶや》くように言った。

「やっぱり……練習するしかないと思うの」

「れ、練習っ？　僕と玲奈でキスするってことっ？」

「ほ、本当にするわけないでしょっ！　ほ、ほら、寸前のところまで演技してみてカメラで撮影してみればどんな感じに体を入れればいいとか考えられるじゃないっ」

「あ、ああそういうことか、うん」

お互いに声が上ずり、ぎこちない態度になってしまう。

心臓がばくばく跳ねているのが自分でもわかった。

僕は一度落ち着くためにふうと深呼吸して、それから玲奈の方を向き直った。

「いいと思う。ちょっとやってみる？」

「うん。やってみたいわ」

「でも玲奈はどのくらい本気で演技するの？」

「私は本番と同じように、ちゃんと役に浸《つ》かった状態で演技するわ。一応、家である程度までは仕上げてきたから」

「了解。僕はまだ演技をちゃんと組み立てられてないから動きを確認するくらいになっちゃうと思うけど、ごめんね」

「ううん、それで大丈夫よ。今スマホに使えるミニ三脚《さんきゃく》を持ってるからちょっとセットアップしてみるわね」

玲奈は鞄《かばん》の中からミニ三脚を取り出すと、自分の携帯《けいたい》を取り付けてベンチの上に置いて角度を調節した。

そのあと玲奈は一度目を瞑《つぶ》り、集中力を高める。本番前、役に没入《ぼつにゅう》していくためにいつもやっているルーティンだ。その間に僕は改めて台本を読み込んで、台詞をチェックするとともに演技の方向性をできるかぎり固めた。

「始めましょう。少し前、十五ページの頭からでいい？」

「うん、それじゃあ僕のタイミングで入るね」

僕はふうと一度深呼吸をしてから、ゆっくりと最初の台詞に入った。

『どうしたんだよ、あかり？　さっきから黙《だま》り込んで』

『……どうしてだろう、言いたいことが全然口から出てきてくれなくて』

本人の言う通り、玲奈の演技はもう十分すぎるくらいに仕上がっていた。

好きだと一言告げるだけのことが、どうしてもできないあかり。そんなもどかしさと、明久を待たせてしまっている申し訳なさから、あかりは少し引きつったような作り笑いを浮かべる。

『あかり……』

『ごめんね！　嫌だったら、拒否《きょひ》してっ！』

『っ⁉』

沈黙《ちんもく》の末、あかりは動く。一度目を瞑ってぐっと唇を噛《か》み、覚悟《かくご》を決めてしまうと、ぐっと明久との距離《きょり》を縮める。そして明久の両頬《ほお》に手を添《そ》えると、じいっと、訴《うった》えかけるような切ない瞳《ひとみ》を投げかける。

僕の方はほとんど何もせずに待っているだけだった。玲奈の端整《たんせい》な顔が静かに近づいてくる。玲奈は少しだけ顔を傾《かたむ》け、僕の唇に向かって、その綺麗《きれい》な唇を近づける——

（……キ、キスってこんな顔と顔が近くなるのっ⁉）

ファーストキスもすませていない僕にとって、異性とこれだけ顔を近づけるというのは初めてだった。

ましてやその相手は玲奈なのだ。

頭が真っ白になりそうだった。ドキドキが止まらない。

鼻と鼻がくっつくくらいの至近距離になり、僕は思わず目を瞑ってしまいそうになった。

寸止めだから更《さら》にもう少し接近するんだろうけど、もう限界だった。

だけど——玲奈はそれ以上距離を詰めることなく、真っ赤になって固まってしまう。

（あ、あれっ？）

予想外の状況《じょうきょう》に僕はびっくりする。

少しして、玲奈はゆっくりと僕の頬から手を離《はな》し、それから一歩体を引いた。

そして紅潮した顔を両手で覆《おお》い、俯いてしまった。

「どうしたの、玲奈？」

「ごめん海斗……その、うまくできなくて」

「えっと、失敗したってこと？」

「うん……今のじゃ映像見ても動きの確認ができないと思うし、もう一回やってもいいかしら」

「もちろん」

玲奈がこんなふうになるのは珍しかった。

役にどっぷり浸かる没入型の演技をする玲奈は、カメラが向けられている最中はその役《やく》柄《がら》として動いている感覚になるという。「水沢《みずさわ》玲奈」ではなく「星宮あかり」として行動しているから、途中《とちゆう》で演技が止まってしまうということはないのだ。

実際、本番の撮影《さつえい》でもシーンの途中で演技を止めるのは見たことがなかった。だから僕は驚《おどろ》いたのだけど、玲奈自身が気にするふうもなく仕切り直そうとするので僕はそれ以上突っ込まなかった。

そして始めるテイク２。

しかし、結果は同じだった。

玲奈はさっきと同じように、鼻と鼻がくっつくくらいの距離まで顔を近づけたところで固まってしまった。テイク３、テイク４と回数を重ねても改善するどころかむしろ距離が離れてしまうありさまで、テイク５までやったところで諦《あきら》めて一度中断することにした。

「玲奈、本当に大丈夫？」

座り込んでしまった玲奈に声をかけると、玲奈は力なく顔を上げた。

「その……寸止めのところまで唇を近づけようとしたんだけど、さっきの距離まで顔を近づけると急に役が抜けちゃって」

「役が抜ける？」

「うん。すうっと、素の自分に戻っちゃって……今まで演技しててこんなことなかったんだけど、たぶん、自分自身の感情が抑《おさ》え込めなくなっちゃうんだと思う」

玲奈は困惑《こんわく》しきった表情を浮かべていた。

そしてしばらくの沈黙を経て、弱々しい声で呟いた。

「どうしよう……私、海斗とキスシーンできないかも……」

＊

その日はそれ以上キスシーンの練習をするのはやめて、一晩かけて玲奈に演技を組み立て直してきてもらうことになった。そして翌日の昼休み、僕たちは改めて同じようにミニ三脚をセットして練習を始めた。

だけど――やはり結果は同じだった。

玲奈はすっかり落ち込んでしまっていた。ベンチに腰《こし》を下ろし、がっくりと肩《かた》を落としていた。

「ご、ごめんね海斗」

「ううん、大丈夫。僕だってクランクインのときにNGを出しまくって玲奈に迷惑《めいわく》かけたし、お互い様《さま》だよ」

「そ、そう……？」

「それに練習中にわかったから良かったよ。まだこのシーンの撮影日《さつえいび》までは五日くらいあるし、それまでに二人で解決策を考えられるから」

そう言うと玲奈はようやく顔を上げてくれた。僕はふうと一度息をついてから、解決策を見出《みいだ》すために質問を投げかけた。

「玲奈、昨日、役が抜けちゃうって言ってたよね？」

「うん」

「それ、もうちょっと詳《くわ》しく聞かせてくれない？　僕は玲奈とは違《ちが》って没入型の演技をやらないからさ、あんまり感覚が掴《つか》めなくて」

「ええと……そうね、いつもはワンシーンの撮影が終わったタイミングで役が抜けていくんだけど、このシーンは演じてる途中に勝手に役が抜けちゃって、それ以上演技が続けられなくなっちゃうの」

独特の感覚を説明してくれる玲奈。僕は一度頭の中で整理してから、玲奈に続けて質問を投げかけた。

「なるほどね。そうなっちゃう理由って何か思い当たることはある？」

「あ、うん……一応……」

と、玲奈はためらいがちに首肯《しゅこう》した。

そのひどく気まずそうな表情に、僕はどきりとしてしまう。

（えっどうしよう……演技でも僕とキスするのが嫌とか無理とか言われたら……）

ここ数か月で玲奈とはぐっと距離を縮められたと思う。毎日のように二人で練習して、現場でも隙間《すきま》時間はいつも一緒《いっしょ》に過ごして、この前なんて家に招待してもらったのだ。玲奈も僕のことを同世代で唯一《ゆいいつ》気軽に話せる相手と言ってくれているし、僕と一緒にいるときは楽しそうにしてくれている。

昔と同じ、仲の良い幼馴染《おさななじみ》としての関係性は築けているつもりだった。

僕たちは付き合っているわけではないし、玲奈が異性として好意を向けてくれていると思うほど自信はない。だけど僕とキスシーンを演じるのはどうしても嫌、無理、なんて面と向かって言われたらさすがに落ち込んでしまいそうだ。

「え、えっと、怒《おこ》らないでね」

玲奈はおどおどした様子で言う。

僕は嫌な想像をしながらも、ふうと深呼吸して努めて柔和《にゅうわ》な面持《おもも》ちを作った。

「大丈夫、怒ったりしないよ。この前悩んでることとか困ってることがあったら相談に乗るって約束したし」

「ありがとう海斗」

「それで、理由は何なの？」

「そ、その……」

玲奈は直前まで口にするのを逡巡《しゅんじゅん》していた様子だったが、やがてぐっと拳《こぶし》を握《にぎ》り、顔を真っ赤に染めながら言った。

「は、恥《は》ずかしいのっ！」

「……えっ？」

想像していなかった答えに僕は呆気《あっけ》にとられてしまう。

「この前、仕事だから何とも思わないなんて言ったけど……私、ファーストキスもまだだし……ほ、ほら！　す……じゃなくて、プライベートでも仲良くしてる男の子とキスするなんて、どうしても緊張《きんちょう》しちゃうというか、頭が真っ白になるというか、そ、その……」

「……玲奈」

「ご、ごめん。こんなの女優失格よね……」

玲奈はそう言うと弱々しく肩を縮こまらせた。

何のことはなかった。玲奈は僕《ぼく》と演技でキスをするのが恥ずかしくなってしまい、直前で固まってしまうというだけのことだった。本人は女優としてのプロ意識があるから私情が入ってうまく演技できないことに負い目を感じているようだったが、僕にとっては完全に拍子抜けだ。

「えっと、何というか……良かったよ」

「良かった？　な、何が？」

「演技で僕とキスするのがどうしても嫌《いや》でうまくできない、なんて言われるかと思ってたからさ」

「そ、そんなわけないじゃない！　むしろ逆というか……」

「え？」

「な、何でもない！　それより海斗、ほ、本当に怒ってないの？」

その問いに僕は肩をすくめてみせる。

「怒る理由が見つからないよ。そんなのお互い様だし」

経験豊富なベテラン役者だとキスシーンも完全に仕事と割り切っており何も感じないという人もいる。見習うべきプロフェッショナリズムだとは思うけど、キスシーンはおろかキス自体も初めてという僕たちにそんな芸当は無理だ。

「僕だって玲奈とのキスシーンはすごく意識しちゃってるよ。演技とはいえとびきりの美少女とキスするんだからドキドキしない方が無理というか」

「か、海斗……そんなふうに思ってくれてたの？」

玲奈はぱちくり瞬く。そこで僕は自分の失言に気が付いた。

「あ、ごめん。変なこと言っちゃった？」

「ううん、むしろ私は嬉《うれ》しかった。私だけこんなに意識してて海斗が私とのキスシーン演じるのに何にも感じてなかったらそれは悔《くや》しいもん」

「や、やっぱり意識しちゃうよね……」

「うん……他ならぬ海斗が相手だし……」

そう言い合ってから、気恥ずかしさからどちらともなく目を逸らしてしまう。どこか気まずい沈黙が場を支配することとなったけれど、やがて玲奈がこほんと一つ咳払《せきばら》いをしてから口を開いた。

「えっと、話を戻《もど》すけど……私は海斗とキスシーンを演じるのが嫌とか無理とかじゃなくて、ただ恥ずかしいっていう気持ちが大きすぎて役が抜けちゃうんだと思う」

「うんうん」

「だから、海斗の方からキスしてくれれば問題なく撮《と》れると思うの。昨日家で練習してみたけど待ってるだけならできそうだったし」

「僕の方から？　それは台本を変更《へんこう》してもらうってこと？」

確認のため聞いてみると、玲奈はこくりと頷《うなず》いた。

「もちろん森田監督《かんとく》に相談しなきゃいけないけど、それでキスシーンが撮れるなら完全に無理ってよりははるかにましでしょ」

「そうだね。じゃあ一回そっちのパターンを練習してみる？　台本にはないシーンになっちゃうから、そこまでの展開はアドリブでやってみるしかないけど」

僕の提案に玲奈も頷いてくれたので、さっそくやってみることになった。カメラの設定をし直して、僕たちは演技を始める。

アドリブの方向性は決まっていなかったけど、玲奈が完璧《かんぺき》にリードしてくれた。

あかりは好きと自分の気持ちを素直《すなお》に告げる。だけど答えを聞くのが怖くなって、逃《に》げだそうとしてしまう。そんなあかりの手を掴んだ明久は、あかりがごまかすような言葉を言おうとしたところに、その口を塞《ふさ》ぐように唇を重ねて自分の答えを告げる。そんな展開で進行していった。

僕は玲奈の肩を両手で掴み、そのまま顔を近づけた。

玲奈はというと目を瞑り、無防備に小さな唇を晒《さら》している。

（うわあ……これは、めちゃくちゃドキドキする……）

待っているよりも何倍も緊張した。恥ずかしくて顔から火が出そうだ。だけど僕は何とか明久としての演技を保ったまま、玲奈との距離を詰めていった。

そして鼻と鼻が軽く触《ふ》れあい、お互いの吐息《といき》が当たるくらいまで唇を近づけた。

あとほんの少し前に出れば、玲奈の唇を簡単に奪《うば》ってしまえる状況だった。

いよいよ心臓の高鳴りが最高潮に達したところで、僕は数秒だけ止まってから、またゆっくりと体を離していった。そして十分な距離をとったところで、僕はぱんと大きく手を叩《たた》いてみせた。

「カット！　うん、寸止めまではいけたよ」

すると玲奈は一度瞬きをしてから、ふうと息をついた。

「どうだった、玲奈？」

「平気。海斗のカットの声が聞こえるまでは、ずっと星宮あかりとして振る舞えてた」

「よかった、それなら台本に変更を入れてもらえば問題なく演れそうだね」

「うん、そうね」

そうやって演技の話をしている最中も、さっきの余韻《よいん》はまだ残っていた。目と鼻の先に無防備に晒された唇を思い出すだけで変な気分になってしまいそうだった。僕は平静を保つのに必死だった。

「そ、それじゃあ映像を確認して動きの調整をしてみよっか」

「そうしましょう」

玲奈はミニ三脚から携帯を取り外し、僕たちはベンチに並んで座って映像を確認した。

動きをじっくりと確認するために専用アプリで再生速度を変更し、〇・五倍速で再生したのだけど――自分たちのキスシーンを外から客観的に観察するというのは、相当に精神力を必要とするものだった。

「……は、恥ずかしいわね……これ」

「……うん」

「ど、どう？　こういう分析《ぶんせき》は海斗の方が得意よね」

「やっぱり二人ともちょっと不自然な気はするかな。唇が真正面から触れ合うというよりも少し斜《なな》めから入るように動いた方が映像の収まりがよくなると思うからそこは僕が工夫《くふう》するとして、玲奈は待ち方かな。少しだけ顔を上にあげて、こっち側に目線を向けた方がいいと思う」

「なるほど、そこは修正してみるわね。他はどうかしら？」

「えーと……」

肩を寄せ合い、何度も動画を再生しながら立ち振る舞いや間の取り方について意見を出し合っていった。

そしてもう一度撮り直《なお》し、また色々と話していった。

真面目な演技練習をしているはずなんだけど――

こんなに、心臓に悪い演技練習は人生で初めてだった。

予鈴《よれい》が鳴って練習を切り上げた頃《ころ》には、僕はもうすっかりくたくたになってしまっていたのだった。

*

その日の夜、撮影が終わってから僕と玲奈は二人で森田監督のもとへ足を運んでいた。

キスシーンの部分で台本を変更できないか相談するためだ。

四日後に撮影予定のシーンだから急な変更は難しいのは重々承知だけど、そこまで長いシーンではないし僕と玲奈以外に登場する共演者はいない。だから融通《ゆうずう》を利《き》かせてくれる可能性はあると僕は考えていた。

事情を説明すると、森田監督は一度首肯した。

「なるほどなあ。水沢にもそんなことがあるんだな」

「すみません、私の実力不足で」

「別に責めてるわけじゃない。むしろ練習中にわかってラッキーだったよ」

森田監督はそう言ってから脇《わき》に置いていた第六話の台本を手に取り、ぱらぱらと手でめくりながら言葉を続けた。

「それで台本変更の件だが……可能か不可能かといわれりゃ、可能だな」

「本当ですかっ？」

「ああ。裏話をするともともと脚本《きゃくほん》の第一稿《こう》ではこのシーンは明久の方からキスをする展開だったんだよ。完成稿では今の形に収まってるが、昔のバージョンを引っ張り出してくれば台本の変更はすぐにできる。出演者やスタッフのスケジュール変更が必要になるわけでもないし、特段の問題はない」

「そうですか！　それなら……」

その言葉を聞いて思わず前のめりになってしまった僕だけど、森田監督は僕の機先を制するように手を左右に振った。

「だが、今言ったのはあくまでも台本変更が可能ってだけだ。その変更をすることの是非《ぜひ》はまた別問題だろ？」

「……そうですね」

「で、第一稿から完成稿の間に今の形に修正したのは当然理由がある。天野《あまの》、お前ならわかるだろ？　言ってみろ」

「明久とあかりの性格、それとこれまでの展開を考えると物語として自然なのはあかりが言い出せなくてキスに踏《ふ》み切るという方です。それに、ここであかりが行動したことはあかりの成長という意味で物語全体に重要な役割を果たしていると思います」

「百点満点だ。さすがだな」

森田監督は満足げに首肯してみせた。そして、言葉を続けた。

「今言ってもらった通り、台本を変更すると物語的にマイナスになるのは間違《まちが》いない。そうはいっても許容範囲ではある。だからあとはお前たちが決めろ」

「僕たちが？　いいんですか？」

「ああ。撮影日までの四日で水沢が演技を組み立て直せる自信があれば、台本はこのままでいく。逆にそれが厳しそうなら台本を変更することはできる。どのみち時間がないから今ここで決めろ」

僕と玲奈は顔を見合わせた。

森田監督の問いに、僕は即答《そくとう》できなかった。

個人的な思いをいうならば、今の台本のままでやりたかった。『初恋の季節』は僕にとって色々な意味で特別な作品であり、最高の作品にしたいと心から思っていた。だからこそ台本の変更という形で妥協《だきょう》はしたくない。

だけどこれは僕ではなく玲奈の問題だ。一緒に練習したときの玲奈をみれば、五日で修正するのが難しそうだというのはわかる。だから、もし玲奈が台本を変更したいと言い出したら僕はそれに従おう――

「わかりました、では台本はこのまま行かせてください」

「ええっ？　い、いいの？」

しかしそこで玲奈が言ったのは真逆のことだった。

台本の変更はしない。

森田監督はそんな意思表明を受けて玲奈の方へと顔を向けた。

「ほう。それじゃあ、四日でちゃんと修正できる目途《めど》が立ってるのか？」

「いえ、正直まだ目途は立っていません。ですが必ず何とかしてみせます」

「おいおい。それは本当に大丈夫《だいじょうぶ》か？」

「不安であれば、保険として変更したバージョンの台本も完璧に叩き込《こ》んできます。それでどうでしょう？」

「何だ、ずいぶんとやる気だな」

少し驚いたような表情を浮《う》かべた森田監督に対して、玲奈は清々《すがすが》しい笑《え》みを浮かべた。

「もちろんです。私にとってこの作品は特別ですから」

そして、ゆっくりと続けた。

「天野くんと八年前に結んだ約束がついに叶《かな》って、ついにこうして主演同士で共演できたんです。この作品は文字通り全力を尽《つ》くして最高の作品にしようと、天野くんと誓いました。だから作品の良さが損《そこ》なわれるとわかっている台本変更はしたくありません」

僕は胸が熱くなるのを感じた。

さっき僕が考えていたことと全く同じことを玲奈が言ってくれたのだ。言葉だけではなく、本気でこの作品に全力を注ごうとしていることがひしひしと伝わってきた。そしてそれは森田監督も同じらしく、こくりと一度頷いていた。

「ふふっ、水沢がそこまで言うんだから保険の台本なんて用意する必要はなさそうだ。撮影日までにしっかり仕上げてくれ」

「ありがとうございます」

「あとはそうだな、俺からもアドバイスできることがあるかもしれないから、もう少し詳しく話してもらえるか？　どうしてうまく演技できないのかを」

「あ、はい。わかりました」

玲奈は僕に説明してくれたのと同じように、森田監督に対して詳細《しょうさい》な説明をした。それを聞いてしばらく思案顔になっていた監督だったけど、やがてぽんと手を打ってから鞄を漁《あさ》り始めた。

「なるほど……それなら良いアイデアがあるぞ」

そう言いながら森田監督が取り出したのは、一枚の封筒《ふうとう》。

その中には二枚のチケットが入っていた。人気テーマパークのペアチケットだった。

それをぽんと手渡《てわた》された僕は、すぐには意図が理解できず困惑してしまう。

「こ……これは？」

「この前、打ち上げのビンゴで貰《もら》ったんだ。お前らにやる」

森田監督はそう言ってから更に続ける。

「聞いている限り、役が抜《ぬ》けちまうってなら役作りを深めてもっと役の感情を強く持つしか解決策はなさそうだ。だけど水沢のことだからもう役作りなんて既にガチガチに固めてだろ？」

「はい……私の最大限の準備はしました」

「ならイレギュラーなことを試《ため》してみるのがいい。第六話では明久とあかりが遊園地でデートして、その帰り道にキスシーンが出てくるんだ。実際に同じような行動の履歴《りれき》を辿《たど》ってみることで何かの閃《ひらめ》きがあるかもしれない」

「なるほど……」

僕と玲奈は揃《そろ》って頷いた。

確かに、監督の言う通り何かのきっかけにはなるかもしれない。役作りのために公園で野宿したとか相手方と共同生活した、なんてエピソードは芸能界を見渡《みわた》せばごろごろ転がっているのだ。

「それに、特に成果がなかったとしても良い気分転換《てんかん》にはなるはずだ。明日は一日オフだし、どうせお前ら忙《いそが》しくて高校生っぽいことなんてほとんどできてないだろ？　まだオールアップまでは長いんだし、たまにはぱーっと遊んでおくのもいいことだ」

そこまで言うと、森田監督は肩をすくめてみせた。

「ま、行くか行かないかはお前らの自由だ。あと、もし行くんならちゃんとマネージャーからは許可をとるんだぞ」

それから僕たちは監督の下を離れて楽屋へと戻ってきた。

「えっと……どうする、海斗？」

話題にのぼるのはやはり先ほどの森田監督からの提案だ。ペアチケットは貰ったけど、撮影日までの四日で仕事が入っていないのは明日だけだった。もし行くなら今日中に決めなくてはいけない。

「僕は玲奈に任せるよ。普通《ふつう》に一日練習したいってならそれでもいいと思うし」

「私は……海斗が付き合ってくれるなら、行きたいかも……」

玲奈は照れくさそうにそう言うと、ごまかすようにすぐに言葉を重ねる。

「ほ、ほら！　演技中に役が抜けちゃうって初めてだし、どうしたらいいかわからないから……監督のアドバイスに従うのもありかなと思って」

「そ、そうだよね」

「それに……今まで海斗と二人きりで遊びに行ったこと、なかったから」

玲奈の言葉に、僕は思わずごくりと唾《つば》を呑《の》んだ。

言われてみれば確かにそうだった。

四月に再会してからすでに数か月が経《た》つけど、玲奈と二人きりで遊びに行ったことはなかった。学校や現場で毎日のように顔を合わせてはいるし、ロケで遠出したこともある。だけどプライベートで遊んだのは玲奈の家に行ってオンエアを観《み》たときくらいで、どこかに遊びに行ったことはなかった。

（玲奈と二人きりで、テーマパークかあ……）

役作りの目的が第一であるとはいえ、オフの日に丸一日遊ぶというのはすごく魅力的《みりょくてき》だった。考えるだけでわくわくしてしまう。

「よし、それじゃあ明日行こうか」

「うん！」

「ただ……マネージャーから許可が出ないとそもそも行けないけどね」

「あっ、そうだったわね……」

玲奈はあからさまに意気消沈《いきしょうちん》してしまう。

僕たちは芸能人なのだ。特に玲奈はプライベートをかなり厳重に管理されており、この前一緒にオンエアを観たときも事前に報告していたらしい。あのときは周りの目がない室内だからオッケーが出たけど、人混みのど真ん中であるテーマパークに二人で行くことを許してくれるとはなかなか思えなかった。

「まあでもダメ元で話してみるしかないね」

「役作りのためって言ったら許してくれるかもしれないよ。実際、森田監督から提案されてチケットまで貰ってるんだから」

「う、うん……」

「そうね。そうしましょう」

僕も玲奈も、仕事終わりは車で家まで送ってもらっている。

今日は監督に演技の相談をするからと撮影後少し待ってもらっていた。森田監督と別れてからすぐにそれぞれ連絡《れんらく》を入れたから、そろそろ楽屋に来るはずだ。そこでお願いをすることにしよう。

と、少しして有希さんと花梨《かりん》さんが同時にやってきた。

「おつかれさーん。よーし、帰ろっか天野君」

「すみません、姉とお茶をしていて少し遅《おそ》くなりました」

いつもならすぐに荷物を片付けて楽屋をあとにするところだけど、僕はその代わりに立ち上がって神妙《しんみょう》な面持ちで口を開いた。

「すみません、実はお二人に少し相談があって」

「相談？　どうしたの？」

「私たち二人にですか？」

「はい。実はさっき森田監督に相談していたことにも関わるんですけど……」

そう切り出してから、僕はざっくりと事情を説明した。

第六話の最後のシーンであるキスシーンで玲奈が演技中に役が抜けてしまうという問題が発生し、それを森田監督に相談に行ったら役作りのために二人で遊園地に行くことを勧《すす》められたこと。僕はなるべく役作りの部分を強調して話した。

しかし僕が話し終えると、有希さんはにやにや笑《え》みを浮かべて言った。

「なーるほど。要するに二人でデートしたいってこと？」

「全然違いますよっ！　話聞いてましたかっ？」

「いやでも、オフの日に二人きりでテーマパークに行くってそれどう考えてもデートじゃないの？」

「確かにそうなんですけど……一応、目的は役作りというか……」

何とか弁解しようとするも、旗色が悪い。

僕は断られることを覚悟していたけど、二人の反応は予想外に軽いものだった。

「いいじゃん、行ってきなよ」

「むしろ今更《いまさら》ですよね。もっと早くに言ってくると思ってました」

「……え？」

僕たちは目をぱちくりさせる。

「い、いいんですか？」

「あたしとしては別に止める理由もないし」

「わたしも同じです。水沢はうちの看板女優なので交友関係もある程度気を遣《つか》っていますが、天野さんなら個人的に信頼《しんらい》できると思ってますから」

「ただ、テーマパークかあ。ちょっと人目は多いからそれだけは気がかりかなー」

有希さんは一度花梨さんと目くばせを交《か》わしたのち、少し悩《なや》むような表情を浮かべて顎《あご》に手をおいた。

「二人が幼馴染ってテレビで公言したおかげもあって、番組のSNSで二人が一緒にいるオフショットを上げると反響《はんきょう》が良いってスタッフは言ってたよ。だから街中を歩くくらいなら良いんだけど、遊園地はちょっとガチだからねえ……しかも二人きりってなると」

「姉の言う通り、写真を撮られてSNSにあげられたりすると厄介《やっかい》です。役作りが目的だったと言っても信じてはもらえないでしょうし」

「じゃあやっぱり厳しいってこと？」

「いいえ、だめとは言ってません。ばっちり変装して正体を隠《かく》してもらえれば」

玲奈の問いに対し、花梨さんはそう答えた。

有希さんもこくこくと頷く。同意見のようだ。

と、そこで玲奈は首を傾《かし》げた。

「変装って、いつもみたいに帽子《ぼうし》被《かぶ》ってサングラスとマスクをつければいいのかしら？」

「いやそれは逆に目立つんじゃない？」

「確かに……テーマパークのど真ん中にそんな人がいたら目立つかも……」

僕の突《つ》っ込みに頭を抱《かか》える玲奈。するとそこで鞄《かばん》から取り出したタブレットを起動して何やら操作を始めたのは有希さんだ。少しして操作をやめると、開いた画面を僕たちの方に見せてきた。

「それならこういうアイテム、使えばいいかもよー」

「え？　これは……」

「公式グッズだよー。着ぐるみ帽子《ぼうし》とか耳を形どったカチューシャ、なりきりサングラス、キャラクターの口元をプリントしたマスク。こういうのをつけてたら顔も隠せるし、来園者になじめると思う」

「なるほど！」

僕はぱんと手を打った。確かに同じ帽子やサングラスやマスクでも公式グッズなら来園者もたくさんつけているだろうから自然に溶《と》け込めそうだ。

それに僕たちのテンションも間違いなくそっちの方が上がる。せっかくテーマパークにいるのにガチガチの変装をしているのは少し息苦しいけれど、こういったグッズに身を固めているのはむしろパークをエンジョイしている感じで楽しそうだった。

「パークの最寄《もより》駅に専門ショップがあるみたいですね。朝八時から開いているので、そこで買い物をすませて行くといいかもしれません」

「へー、それはいいわね！」

花梨さんも横で調べてくれていたようで、有益な情報を提供してくれた。

おかげで僕たちも何となく明日のプランを思《おも》い描《えが》くことができた。

「ありがとうございます、有希さんに花梨さん」

「二人ともありがとう」

「うん。楽しんできてねー」

「お土産《みやげ》買ってきてくださいね」

そうして僕たちは一度別れ、僕は有希さんの車に乗って自宅まで帰った。

＊

その晩、寝《ね》る直前まで僕たちはビデオ通話を繋《つな》いで作戦会議をしていた。

「なるべく台本と同じようなコースで回った方がいいよね？　でも台本だと遊園地で遊ぶシーンはほとんど描かれてないから……」

『最初に乗ったのがジェットコースターってくらいしかわからないのよね。あ、でも帰りのシーンではお土産袋《ぶくろ》抱《かか》えて歩いたからどこかで買い物はしてるわ』

「確か二人とも大き目の袋抱えてたよね。あの量なら途中で買うのは荷物になっちゃうから帰《かえ》り際に寄るのが自然かな」

『そしたら朝一でジェットコースターに乗って、帰りにお土産を買って日が暮れる頃に帰るって感じになるわね。あとは決まってないから自由に動きましょう』

再会してから初めて二人きりで遊びに行くという事実で胸がうきうきしてしまうけど、一番の目的は玲奈の役作りの参考にすることだ。だから僕たちはなるべく明久とあかりの行動を再現するような回り方を話していた。

とはいえ、先日演じた遊園地のシーンはドラマの中ではほんの数十秒ほどの尺であり、二人が過ごした八時間はほとんど省略されてしまっている。そのためあとは推測で補うしかなく、かなり自由度の高いスケジュールとなりそうだった。

「それで有希さんの言ってた変装だけど……グッズを買うのは最寄駅のショップでいいとして、現地集合にしといた方がいいかな。ショップに行くのも一応時間差にしよう」

『せっかくだしお互《たが》いのグッズを買うのはどうかしら！』

「いいね！　ただ……変なのは選ばないでよ」

『大丈夫、ちゃんと海斗に似合いそうなものを選ぶわ。でもそれなら顔を隠せるグッズだけじゃなくてTシャツとかも買いたいわね』

「そうしたらどこかで着替《きが》えないといけないけど、駅からパークまでの道は人通りが多そうだよね。ちょっと外れたところの更衣室《こういしつ》を借りる？」

『じゃあ八時半に、それぞれグッズを買った上で一旦《いったん》どこかで集合しましょう。このあたりはどうかしら？　メッセージで地図を送ったわ』

「オッケー、そうしよっか。じゃあ今のうちに玲奈に似合いそうなグッズ見とこっと」

そんな感じで二人で計画を立てていくのはとても楽しかった。

旅は旅程を決めているときが一番楽しいというけれど、まさにそんな感じだ。

しかも、周りから正体を隠すように二人で動くというのは何とも特別感があって気分が高揚《こうよう》した。これが慣れてしまうと窮屈《きゅうくつ》で大変という気持ちになるのかもしれないけど、僕にとって女の子と二人きりで出かけるというのは初めてなのだ。二人で秘密を共有しているようなわくわく感の方がずっと勝っていた。

『ふふっ……何か、ドキドキして楽しいわね。まさにお忍《しの》びデートって感じで』

するとそこで、玲奈がそんなことを言い出す。

玲奈の口から飛び出したデートの三文字に、僕は思わず手に持っていた携帯《けいたい》を落としそうになってしまった。僕のリアクションで玲奈も自分の失言に気づいたらしく、顔を紅潮させて口元を手で覆《おお》った。

『い、今のは言葉のあやだからっ！　あ、明日の目的はあくまでも私の役作りの参考にするためだからねっ！』

「あ、うん。もちろんわかってるよ。頑張《がんば》ろうね」

『ああもう、花梨さんたちが変なことばっかり言うから……』

玲奈はちょっぴり頬《ほお》を膨《ふく》らませる。

しかしそれからも僕たちは、明日乗ってみたい乗り物や入ってみたいショップなどを調べて盛り上がってしまい、かなり夜更《よふ》かしをしてしまったのだった。


そして翌日。

僕たちはそれぞれ駅前の公式ショップでグッズを買うと、待ち合わせの場所で一度合流した。それから更衣室で服を着替えることとなり、先に着替えを終えた僕が外で待っていると、少しして玲奈が姿を現した。

「お待たせっ！」

「うわあ、いいね玲奈！　似合ってるよ！」

何となく玲奈のイメージに近かったから、ピッピーといううさぎのキャラクターをモチーフにしたグッズを多く選んでみた。

うさぎ耳のカチューシャにピッピー仕様のマスク、それにピッピーのプリントされた白Tシャツ。サングラスだけはキャラクターにあったものがなかったので赤い縁《ふち》で囲まれたハート型のものを購入《こうにゅう》した。

顔は完全に隠れていたから、傍《はた》から見ても正体に気づかれることはないだろう。とはいえスタイルの良さやオーラは隠しきれておらず、通行人が思わず立ち止まってしまうような輝《かがや》きを放っていた。

「海斗も似合ってるわ！　可愛《かわい》い！」

そんな玲奈は、僕の姿を見て無邪気《むじゃき》に喜ぶ。

「可愛い？　それ、褒《ほ》められてるのかな……？」

「もちろん褒めてるわよ！　うわあ、こういう海斗も素敵《すてき》ね！」

ちなみに僕の恰好《かっこう》はベアブーという熊のキャラクターのグッズが多く、カチューシャやマスク、サングラスと全てお揃いになっている。Tシャツは人気キャラクターが集合したもので、更《さら》にベアブーの手というグローブ型のグッズを手にはめている。

玲奈はポケットから携帯を取り出すとうきうきした声色《こわいろ》で提案してきた。

「ね、せっかくだしツーショット撮らない？」

「あ、うん！　いいよ」

「じゃあ海斗、もうちょっと近くに来て！」

肩《かた》をくっつけあうような体勢になり、玲奈は手を伸《の》ばして自撮《じど》りをした。相変わらずふんわりと甘《あま》い香りがする。

玲奈は撮った写真を見て笑い出した。

「これ、何かシュールね。ほら見て海斗」

「本当だ、コミカルな絵面というか……僕たちじゃないみたい」

「あー、SNSとかに上げられないのが残念だけど、とりあえず海斗には送ってあげるわね。それと花梨さんにも送ってあげよーっと！」

「じゃあ僕も有希さんに送ってみようかな」

それぞれマネージャーに写真を送ると、返信はすぐに返ってきた。〈いいなー、楽しそう〉

というのが有希さん、〈それなら正体はバレないですね。完璧な変装です〉というのが花梨さんからの返信である。

パークの開園は九時からなので、僕《ぼく》たちはひとしきり盛り上がると荷物を持って移動を始めた。駅前の方まで戻ってくると来園者と思われる人たちで大賑《おおにぎ》わいだった。僕たちのようにグッズに身を包んだ人も多く、お祭りムードだった。

人通りが多くなってきたところで、玲奈は一度立ち止まった。

「そうだ海斗、昨日も言ったけど今日の目的は役作りじゃない？　それで森田監督は六話のラストシーンに至るまでの明久とあかりの行動の履歴を辿ってみることで役作りのヒントが見えてくるかもって言ってたでしょ」

「う、うん。そうだね」

「それでやってみたいことが二つあるの。いいかしら？」

「どんなこと？」

僕が尋《たず》ねてみると、玲奈はゆっくり息をついてから順番に話し始めた。

「一つ目は、これから今日一日はお互いのことを役名で呼び合ってみたいの。そしたらリアルな感じが出ると思って。それに明久、あかり、ってお互い呼んでたら最悪正体がバレても役作りしてたってわかってもらえそうじゃない？」

「なるほどね。面白《おもしろ》いかも」

「それで二つ目は……明久とあかりの距離《きょり》感で、今日一日は振《ふ》る舞《ま》ってみたいの」

「……ええっ？」

僕はびっくりして思わず大きな声を出してしまった。

玲奈はうさぎ耳のカチューシャを右手でいじりながら、少し言いづらそうに口を開く。

「そ、その、第六話の明久とあかりって、まだ付き合ってないけど傍から見たら恋人《こいびと》同士くらいの距離感でしょ？」

「そうだね、お互い言い出せてないだけでイチャイチャしてるし。撮影《さつえい》したシーンはほんの少しだけど、設定上あの距離感で朝から夕方まで遊園地で遊んでるってことだもんね」

「う……うん。だ、だから……同じように振る舞うために、今日一日あれくらいの距離感で私に接してほしいの」

もじもじしながらそう口にした玲奈。

とんでもないお願いにびっくりしてしまったけど、筋は通っていた。役作りの参考にするためになるべく明久とあかりの行動をリアルに追体験できるようにしたいというのは理に適《かな》っている。

そうであるならば、僕に断る理由もない。

僕はすぐに首を縦に振った。

「わ、わかったよ。役作りのためだし、できるかぎりやってみるね」

「う、うん……よろしくね海斗」

(でも……玲奈と今日一日イチャイチャするってこと？)

考えただけでドキドキが止まらない。心臓がもつか不安だった。

僕が玲奈の方をちらりと窺《うかが》うと、玲奈は僕の手にはめられたベアブーの手をかたどったグローブをじっと見つめていた。

「どうしたの、玲奈……じゃなくて、今日はあかりって呼んだ方がいいんだっけ」

「二人の距離感を再現するなら、手をつなぐべきだと思うのっ！　でもそれがあるとつなげないから……」

「あっ、外した方がいい？」

「ううん、大丈夫。代わりにこうするもん」

玲奈は僕の方に一歩距離を詰《つ》めると、えいっと、思い切った様子で腕《うで》を絡《から》めてきた。

突然《とつぜん》のことに僕は驚《おどろ》いた。体がぐっと密着し、心臓がバクバク鳴り出す。

「……ほら、行こっ」

「え、あ、うん」

玲奈に促《うなが》されるままに歩き出したけど、しばらくは恥《は》ずかしくて喋《しゃべ》ることができなかった。それは玲奈の方も同じみたいで、お互い口数の少ないままパークへの道を歩くことになった。

だけど――パークの目の前までやってくると、そんな沈黙《ちんもく》はすぐに終わる。

そこに広がっていたのは心躍《おど》らされる景色だった。

異国情緒漂《じょうちょただよ》うチケットブースやエントランスの奥《おく》には、パークのシンボルでもある立派な城が佇《たたず》んでいる。芝生《しばふ》や柵《さく》、地面など、そこかしこにキャラクターの絵が描かれており、何ともメルヘンチックな風景だった。思い思いのグッズを身に着けて行列に並んでいるお客さんたちの楽しげな会話が聞こえてきて、胸の高まりは大きくなっていく。

「すごい……こんな感じなんだ」

「あれ？　もしかして来るのは初めて？」

「うん。だって私はずっと地方に住んでたし、東京で仕事があるときも過密スケジュールで遊びに来る時間なんてなかったもん。それに一緒《いっしょ》に行ってくれる友達もいなかったし」

「そうなんだ。実は僕も来るの初めてでさ、今すっごくわくわくしてる」

僕たちも列の最後尾《さいこうび》に加わった。周りにはたくさん人がいたけれど、僕や玲奈の正体に気づく人はいなかった。ときどき玲奈の美少女オーラに目を奪われてちらりと見てくる人はいたけど、それくらいだった。

パークのパンフレットを手に持って少しの間待っていると、開園時刻になる。

いっせいに入場列が進んでいき、僕たちもすぐに中へと入れた。

エントランスを抜けるとそこには異国風の建物が軒《のき》を連ねていた。パークのレストランやカフェ、ショップなどが並んでいるようだ。その全てが物珍《ものめずら》しい僕たちは、いちいち立ち止まって眺《なが》めてしまっていた。

「うわーっ、すごいわね！　外国みたい！」

「ちょっと入ってみる？」

「うーん……でも最初はジェットコースターって決まってるし、帰りに寄りましょう」

「そうしよっか」

寄り道したいところはたくさんあったけど、それではお目当てのジェットコースターまで辿り着ける気がしなかったので、僕たちはとりあえず昨日立てた予定通りに動くことにした。

だけど、ジェットコースターの待機列の近くまで来たところで、玲奈は道の真ん中で子供たちと写真を撮《と》っている熊のキャラクターを見つけて立ち止まった。

「あっ！　ベアブーよ、ベアブー！」

「本当だ」

「ね、ね、写真撮ってもらわない？」

そう言って玲奈がぎゅっと服の裾《すそ》を掴《つか》んできたので、僕たちは写真待ちの列に並ぶことになった。前には三組くらいお客さんが並んでいる。

（ははっ……何か面白いなあ）

うきうきしながら待っている隣《となり》の玲奈を見て、僕は笑みをこぼしていた。

普段《ふだん》は歩いているだけで大勢の人に囲まれて写真をお願いされる人気女優が、今日はパークのキャラクターと写真を撮ってもらおうと列に並んでいるのだ。

そうして二分ほど待っていると、前の人が撮り終わって僕たちの番になった。

写真を撮る係となっていたスタッフの女性は、にこやかな笑顔で玲奈へと近づいた。

「写真、お撮りしますね。携帯をお預かりします」

「は……はい、お、お願いします……」

と、そこで――僕は、玲奈の珍《めずら》しい姿を見ることになる。

普段ならば、玲奈は僕や花梨さんなど素でも気軽に話せる人間しか周りにいないときは素を出しているし、他に人がいるときには女優にふさわしい社交的な姿を演じている。だけど今の玲奈は周りから水沢玲奈と認識《にんしき》していないため仮面を被《かぶ》っておらず、素の状態で赤の他人と接していた。

そのため、玲奈は少したどたどしい返事を返していた。

その姿は、僕の後ろに隠れておどおどしていた昔の玲奈とぴたりと重なり、僕はどきりとしてしまった。

そんな僕を現実に引き戻《もど》したのは、スタッフの一声である。

「すみません、彼氏《かれし》さんが見切れちゃってるのでもう少し寄ってもらえますかー？」

「ほ、ほら！　明久、こっち！」

玲奈にぎゅっと腕を掴まれ、僕は体を動かす。

そうして写真を撮り終えると、スタッフから携帯を受け取った玲奈は少し歩いたところで嬉《うれ》しそうな声色で言う。

「ね、ねえ、彼氏さんだって……」

「あ、うん」

「私たち、カップルに見えるのかしら？」

「そしたら役作りの意味では成功だよね。明久とあかりも傍から見たらカップルにしか見えない感じだったんだし」

そういう意味での発言だと思ったので僕はそう返事したけれど、するとなぜか玲奈はちょっぴり面白くなさそうな目を浮かべてしまった。

それから僕たちは、テーマパークを遊び倒《たお》した。

午前中は大行列のジェットコースターに並んだ。予想以上のスピードと激しい上下移動で玲奈は悲鳴をあげっぱなしだった。そのあとお昼はマスクを外すことになるため少し値は張るが個室のあるレストランを選び、午後も色々な乗り物にチャレンジした。

楽しい時間が過ぎるのはあっという間で、気づけばもう夕方になっていた。

「次で、乗り物は最後にしましょう。ショップとかも色々見て回りたいし」

「そうだね。じゃあ、どこか行きたいところある？」

「これはどうかしら？　せっかく私が身に着けてるし」

「いいね、そうしよう」

玲奈が指さしたのは〈ピッピーのにんじん冒険《ぼうけん》〉という乗り物だ。ピッピーとその仲間たちが大好物のにんじんを手に入れるため街をぴょんぴょん跳《は》ね回る様子を、乗り物で見て回るというものだった。

待ち時間はあまりなく、すぐに乗ることができた。にんじん船と名付けられた乗り物は一列に二人ずつ、縦に八列ほどのサイズで、僕たちが案内されたのは一番後ろの列だった。

ジェットコースターのように大きく移動するものではないので、シートベルトはない。

乗り物が進み始めて少しすると――玲奈は、ちらりとこっちを向いた。

「ねえ、ここなら……外せないかしら」

「あ、うん。確かに周りの目はないね」

前のお客さんは構造上見えない。後ろを覗《のぞ》き込んでくれば見られてしまうかもしれないけど、危ないのでそれもないだろう。

僕が頷《うなず》いたのを見て、玲奈はサングラスとマスクをポケットにしまった。

そしてぐっと近づいてきて、僕のサングラスとマスクも外した。

目の前に現れるのは、久しぶりに見る玲奈の素顔《すがお》だった。今日は朝からずっとグッズで隠れていたので、改めて見るとため息が出るほど可愛い。そんな玲奈はいたずらっ子のような笑みを浮かべ、ちょんちょんと僕の頬を突っついてきた。

「ふふっ、久しぶりに素顔見れた」

「あっ……うん……」

「ね、明久、ちょっと寄っていい？」

玲奈は僕の答えを聞く前に距離を詰め、僕の肩に頭を乗せてきた。

そしてそのまま僕の方に顔を向けてくるものだから、顔と顔が至近距離にくることにな

ってしまう。それこそキスシーンの練習を思い出してしまうような距離。

朝の宣言通り、今日一日、玲奈は明久とあかりの距離感を再現するように普段よりぐいぐい距離を詰めてきていた。だけどこの近さは今まででも断トツで、もはや心臓の高鳴りを抑《おさ》えようとするのに必死でピッピーたちの冒険を眺めている余裕《よゆう》なんてなくなってしまっていた。

（演技だ……うん、これは玲奈の演技だから……）

そうやって無心を保とうとしていた僕だけど、すると、ヒヤヒヤする場面に遭遇《そうぐう》することになってしまった。

乗り物が、出口に差し掛《か》かっていたのだ。

僕たちは二人ともマスクとサングラスを外したままだった。このままだとすぐにスタッフや次のお客さんたちが待っている乗降口に到着《とうちゃく》してしまう。

「まずい！　そろそろ着いちゃうよ」

「ほ、ほんとだっ」

慌《あわ》てた声を出すと、玲奈も同じように慌てた様子を見せる。僕たちは大急ぎでポケットからマスクとサングラスを取り出して装着した。それが終わったのと乗降口へと戻ってきたのは、ほとんど同時だった。

「おつかれさまでーす、降り口はこちらになりまーす！」

スタッフのお姉さんの声を聞きながら、僕たちはほっと胸を撫《な》で下ろす。

「か、間一髪《かんいっぱつ》だったね……ドキドキした……」

「ご、ごめん……」

「いいよいいよ、結果何とかなったわけだし。それより、次はどこ行こうか？　エントランスあたりのお店見て回ってみる？」

「うんっ！」

僕たちはそれからショップを巡《めぐ》り、買い物をエンジョイした。自分たちでほしいもののほか、有希さんや花梨さんへのお土産も買っていると、いつの間にか手が袋《ふくろ》でいっぱいになっていた。

そして一通りの買い物が終わったところで、僕はついに切り出すこととなった。

「そろそろ、帰る？」

玲奈はびくりと肩を震《ふる》わせる。

正直まだ帰りたくはなかったけど、明日は二人とも朝一から仕事が入っていた。有希さんと花梨さんから夜は早めに切り上げるようにと言われていたのだ。

「もういい時間だし、そろそろ帰らないと明日がしんどくなっちゃうよ」

「そ……そうね、わかったわ」

玲奈も素直《すなお》に頷き、僕たちは閉園時刻よりは少し早いけどパークをあとにした。

外に出るといっきに現実に引き戻される。

園内にいる間はまるで魔法《まほう》にかけられていたようだった。

僕たちは近くの更衣室で着替えた。僕も玲奈もグッズは荷物の中にしまい、いつもの変装スタイルに戻っていた。

「じゃあ、今日はありがとね玲奈。玲奈の役作りにどれくらい役立ったかはわからないけど、僕は普通に楽しんじゃったよ。じゃあまた明日」

「えっ？」

「あれ、現地集合、現地解散って話だったよね？」

プライベートなので有希さんや花梨さんに送り迎《おくむか》えしてもらうわけにはいかず、長めの電車移動となるため、念には念を入れて道中も別々に移動しようという話だった。だけど玲奈はぐっと眉間《みけん》にしわを寄せてしまうと、呟《つぶや》くように言う。

「その……まだ帰りたくないというか、えっと、もうちょっとだけ話さない……？」

僕はびっくりしてしまう。

玲奈の口にしたことが第六話の台本にある、あかりの台詞《せりふ》とそっくりだったからだ。

意識的なのか無意識的なのかわからないけど、とにかく玲奈はそう言って僕のことをじっと見つめてきた。

「えっと、うん。いいけど……」

見つめられるのが恥ずかしくなり、僕はごまかすように言葉を重ねる。

「そ、それにしても今日の玲奈、すごかったよね」

「すごかった？　私が？」

「うん。朝に言ってた通り、距離感がいつもよりすごく近くてさ。ドキドキさせられっぱなしだったよ。もちろん玲奈が役作りのためにあえてああいうふうに振る舞ってたっていうのはわかってるんだけど、それでも変な勘違《かんちが》いをしそうになったというか……」

本当に、まるで玲奈が恋人になったかのような気分になってしまった。

テーマパークと同じで、一日限りのはかない夢ではあったけど。

僕がそう言うと――玲奈は大きく目を見開いて、それから、ぐっと拳《こぶし》を握《にぎ》りしめて口を開いた。

「そ、それはっ！　だって、私は本当にっ……」

だけどそこで玲奈は、はっとしたように咄嗟《とっさ》にマスクの上からぐっと手で口を覆い、次の言葉を無理やり飲みこんでしまう。

「ど、どうしたの玲奈？」

「な、な、何でもないっ！」

そして耳まで真っ赤に染めて俯《うつむ》いてしまった。

僕は状況《じょうきょう》がのみこめずにただ茫然《ぼうぜん》としていたけれど、するとそこで、玲奈はぽつりとひとり言のように呟いた。

「そっか……この気持ち……」

それから玲奈はぱんと嬉しそうに手を叩《たた》いた。

「わかったわ！　あそこでキスに踏《ふ》み出したあかりの感情……こういうことだったのね」

「え？　玲奈、何か掴めたの？」

「うん。ありがとう海斗、今日一日付き合わせちゃったけどその分の成果はちゃんと出せたと思うわ」

「僕が力になれたかはわからないけど……でもよかったよ」

玲奈がどういう経緯《けいい》で役作りのヒントを掴めたのかはよくわからなかった。でも天才女優と呼ばれる少女がこれだけ自信満々な様子を見せているのだ。森田監督《かんとく》じゃないけど、心配することなんて何もないだろう。

玲奈はうん、うんと自分で二回ほど首肯《しゅこう》してから、おもむろに口を開いた。

「これでいけると思う。あかりの気持ちが自分の中ではっきり見えたから、あとはしっかりと磨《みが》きこめば、撮影の日までには解決できるはず」

＊

そしてそれから三日後、とうとうキスシーンの撮影日《さつえいび》がやってきた。

その日は夜の公園を舞台《ぶたい》にしたロケ撮影で、二人で帰り道を歩くところからキスシーンまでを通しで撮影する予定となっていた。キスシーン以外の撮影はあっさり終わり、七時を回った頃《ころ》からキスシーンの撮影に入った。

「監督、リハでもキスした方がよいでしょうか？」

「いや実際にキスするのは本番だけで大丈夫《だいじょうぶ》だ。ただちゃんと寸止めまではやれよ」

「わかりました。ではそのようにさせていただきます」

玲奈は森田監督との間で簡単に確認《かくにん》をすませると、指定の立ち位置で待っている僕のもとにやってきた。そしてにっこりと落ち着いた笑みを浮《う》かべた。

「じゃあよろしくね海斗」

「うん。大丈夫そう？」

「たぶん大丈夫よ。心配してくれてありがとう」

スタッフが慌ただしく動き出し、さっそくドライが始まる。

普段の玲奈はリハーサル一発目であるドライの段階では本気の演技をせずに動きを確認する程度なのだけど、今日はキスシーンがうまくできるかの予行演習も兼《か》ねているため最初から役にどっぷり浸《つ》かる百パーセントの演技を披露《ひろう》してきた。

明久を呼び出したあかりは「好きです」の一言を言うことができず、代わりに自分の想《おも》いを伝えるべくキスをする。

『ごめんね！　嫌《いや》だったら、拒否《きょひ》してっ！』

玲奈の演技は完璧《かんぺき》だった。

僕の両頬にそっと手を添《そ》えると、じっと僕のことを見つめた。そして少しだけ間をおいてから、覚悟《かくご》を決めたように一度小さく瞬《まばた》きをしてから、その小さな唇《くちびる》を僕の唇めがけてゆっくりと近づけてきた。

（うわあぁっ……ち、近い……！）

玲奈の唇は、もうほとんど触《ふ》れているんじゃないかというくらいの距離まで近づいてきた。間に指一本も入らないくらいの距離だ。

そのまま数秒経《た》つと玲奈は体を離《はな》し、はにかんだような笑《え》みを浮かべた。

『あたしは……明久君のことが、好き……だよ』

『……俺《おれ》も、あかりのことが好きだ』


ついに自分の気持ちを言葉にすることのできたあかり。それに明久も応え、二人は無事恋人同士となる。ぎゅっと抱《だ》き合ったところでこのシーンは終わり、第六話も幕を下ろすことになる。

「オッケー！　なんだ、完璧じゃんか」

森田監督はぱちぱちと手を叩いた。文句なしという感じだった。

そこでゆっくりと役から抜《ぬ》けてきた玲奈は、ちょっぴり不安そうに尋ねてきた。

「どう、海斗？　私……うまくできてたかしら？」

「うん。すごいね玲奈、本当にばっちり仕上がってたよ」

「よかった」

僕の言葉を聞いて、玲奈は嬉しそうに微笑《ほほえ》む。

リハーサルは順調に進んでいった。ドライ、カメリハ、ランスルーという一連のリハーサルはどれも最小限の時間で終了《しゅうりょう》し、あとは監督とスタッフの打ち合わせを挟《はさ》んで本番を撮るだけになった。

「じゃあ本番の撮影は三十分後にするから、二人は一旦休憩《いったんきゅうけい》に入ってくれ」

「あ、了解《りょうかい》です」

「わかりました。では失礼します」

玲奈はぺこりと一礼すると、花梨さんの下まで歩いて行った。一度車に戻って休憩《きゅうけい》するようだ。

だけど僕は、監督の下を去ることなく、立ち止まって一人で考《かんが》え込《こ》んでいた。

(何だろう……この違和感《いわかん》)

全ては順調にいっているようにみえる。

玲奈は演技中に役が抜けてしまうという困難を乗り越《こ》えて完璧な演技を披露した。リハーサル時点ではあるけれどその出来栄《できば》えは森田監督も納得《なっとく》するものになっていて、もうあとは本番の撮影をするだけだ。

だけど僕は、どうしようもなく違和感を覚えていた。

今のままだと何かが違《ちが》うという感覚。役者としての直感といってもいい。

その正体を突《つ》き止《と》めるべく頭を働かせていた僕だけど――

「おい天野、どうしたんだ？　そんなところで突っ立って」

「え？　あ、すいません」

横から声をかけられて、ようやく我に返った。

「水沢はもう休憩にいったぞ、お前も集中力高めるために休んどけ。じゃあ俺は今からカメラスタッフとの打ち合わせに入るから」

「あ、監督！　待ってください！」

森田監督はそのまま立ち去ろうとしたため、僕は慌てて後ろから呼び止めた。そして振り向いた森田監督に直球の質問をぶつけた。

「今のシーン……本当にこれでいいんですか？」

「ん？　どういうことだ？」

森田監督は立ち止まり、怪訝《けげん》な表情を浮かべる。

「このままだと、何かが違うと思うんです」

「何か？　何だそれは、もう少し具体的に言えないのか？」

「すみません、まだ自分の中でもよくわかってないんです。だからさっき考えてて……」

「なるほどなあ……」

僕の言葉に、森田監督は顎《あご》に手を当てて考えこむ仕草をする。

「でも、このまま撮影するのは違うっていうのは確実に言えるんだな？」

「はい。すごく違和感はあって」

「わかった。それなら一旦打ち合わせの方は止めてやるから、じっくり考えてみろ。お前が言うんだからきっと何かあるんだろう」

「すみません、ありがとうございます！」

監督が他のスタッフに事情を説明しに行ったので、僕は違和感の正体を探《さぐ》るべく再び頭を動かし始めた。

このキスシーンは二つの意味で重要なシーンだ。物語上は明久とあかりが恋人同士になるという大きな変化を象徴《しょうちょう》し、ドラマの前半から後半への架《か》け橋《はし》となる。それと同時に恋《れん》愛《あい》ドラマ特有のときめきを求める視聴者《しちょうしゃ》のニーズに応える意味もある。

そしてそれを踏まえるならば、キスを終えたあとのあかりの演技として求められるのは、とびきり可愛くてドキドキさせられる仕草である。

そういった仕草を演じれば、二人の関係性の変化を鮮《あざ》やかに表現することができる。

そして視聴者をドキドキさせて、ときめかせることもできる。

（でも玲奈の演技、可愛かったけどな……）

そこまで考えたところで、僕は首を傾《かし》げてしまった。

玲奈の演技は間違《まちが》いなく可愛かったのだ。

キスをしたあと、羞恥《しゅうち》を隠《かく》し切れずにはにかむような笑《え》みを浮かべるあかり。玲奈はそんな姿を見事に演じていた。

では――この違和感の正体は何なんだろう？

悩《なや》んでいる最中に僕の脳裏《のうり》をよぎったのは、ここ数か月の玲奈との思い出だった。

二人きりで練習をして、お昼を食べて、楽屋で話をして。

ハプニングで同じ部屋に泊《と》まって、家でオンエアを観《み》て、テーマパークに行って。

そうやって僕に見せてくれた素の玲奈は、再会する前の僕が勝手に抱いていた玲奈のイメージとは全然違った。上品でお淑《しと》やかで隙《すき》のない天才女優……などではなく、すぐに恥ずかしがったり照れたりして顔を真っ赤にしてしまう等身大の可愛い女の子だった。そして、そうやって日常の中で見せてくれた姿は、メディア越《ご》しに見ていたどんな玲奈の姿よりも可愛かった。

（……そういうことかっ！）

そこで僕はようやく気づいた。

確かにさっきの玲奈の演技は良かった。すごく可愛かった。

だけど、たぶん僕はもっともっと可愛い玲奈をたくさん知っているのだ。

そして僕は、そんな一番可愛い玲奈の姿を、この作品に使いたいと感じているのかもしれない。あの可愛さを画面に乗せられないのならば、『初恋《はつこい》の季節』は、玲奈と約束した最高の作品にはならない。

そこまで考えが固まったところで、森田監督が戻ってきた。

「よう。どうだ、違和感の正体は掴めたか？」

「はい！　わかりました！」

僕が威勢《いせい》よく言うと、森田監督は小さく笑みを浮かべた。

「よし、聞かせてもらおうか」

「僕が違うと思っていたのは、キスを終えたあとの玲奈の演技なんです」

「俺は別に変だと思わなかったけどな。ちゃんと可愛い仕草ができててよかったぞ」

「確かに可愛かったとは思います。だけど……玲奈からは、もっともっと可愛さを引き出せるんです」

「……どういうことだ？」

森田監督は理解ができないとばかりに頭をかき、怪訝な表情を浮かべた。そこで僕は一度息をついてから逆に質問を投げ返した。

「監督、玲奈ってどんな女の子だと思いますか？」

「ん？　ちょっと高校生離《ばな》れしてるって思うくらい、社交的で隙がないやつだよな、メディアに出てるときと普段も全然変わらない」

「それは違うんです。ここだけの話にしてほしいんですけど……玲奈って本当の素のときは少し臆病《おくびょう》で、どこか子どもっぽくて、表情がころころ変わって……とにかく、普段とは全然違うんです」

「そうなのか？　それは初耳だぞ？」

驚いた様子の森田監督に対し、僕は首肯を返す。

「はい。そしてこの数か月素の玲奈を見てきた僕は……素で恥ずかしがったり照れたりしているときの玲奈の方が、何倍も可愛いと思うんです」

もちろん、演技をしている玲奈だって可愛いのだ。

玲奈の演技は天下一品だし、その容姿は奇跡《きせき》の美少女とメディアから評されるものだ。そんな女の子の演技が可愛くないわけがない。ただ、僕はそれを更に上回る可愛さを知っているというだけだ。

森田監督は、そこで初めて要領を得たとばかりに頷いた。

「なるほど、なるほど。お前の言いたいことはわかった。その素の状態の可愛《かわい》さを水沢の演技に加えたいってことだな」

「そうです！」

「だが水沢の演技がものすごく繊細《せんさい》な感覚で培《つちか》われてるのは知ってるだろ？　キスシーンだってこの前はうまく演じられないって言ってたんだし、ここで下手な指示を出してまた演技が崩《くず》れたらそれこそ取り返しがつかん」

「それは……」

「もしもお前の方の演技だけでそれができるなら、話は別だけどな」

僕は頭をフル回転させる。

確かにそれは本来僕の得意《とくい》技だ。相手の動きや間合い、画角、立ち位置、あらゆることを頭に入れた上でほしい絵を作り出す、クレバーな演技。だけど今回はちょっとした時間差といった次元の話ではないから、簡単には思いつかなかった。

（素の玲奈を引き出すって……どうすればいいんだろう？）

そこで僕は思い出す。

そうだ、この前の一件だ。

恥ずかしいという玲奈自身の感情が役の感情よりも大きくなってしまうことで役が抜けてしまい、演技中に素の玲奈に戻ってしまうということがあった。あのときはそれ以降演技が止まってしまうとシーンが撮れないから克服《こくふく》すべく頑張《がんば》ったけど、今回は逆にあのときの状況を引き出してやればいい。

台本を見ても、玲奈がキスを終えたあとは二人で抱き合うだけだ。

そこで玲奈が役から抜けてしまっていたとしても、何とかしてくれるだろう。

僕はそこまで思考を巡らせたところで、思いついたアイデアを口にした。

「……僕の方からキスをお返しする、とか」

「ん？　それはあかりにキスをされたあと、明久がキスをお返しするってことか？」

「はい。完全なアドリブとして挟めば、玲奈はびっくりして恥ずかしさを隠せなくなるんじゃないかと思って……」

すると森田監督はぐっと目を見開き、手元で台本を捲《めく》りながら喋り出した。

「告白の代わりにキスをしたあかりに、告白の答えとしてキスをお返しする明久か……なるほど、言われてみれば物語的にもそっちの方がしっくりくるな。今の台本だと二人が恋人になったのはあかりのコミットのおかげで、明久のコミットはほぼないに等しい。だけどキスをお返しするっていう流れなら、お互《たが》いが一歩踏み出したっていう流れになって共感性が増す」

喋りながら考えをまとめている様子だった森田監督は、最後まで言葉を終えると、ぱんと手を叩いた。

「よし、面白い。乗った。それぶっつけ本番でやるぞ」

なんとあっさり僕のアイデアは採用されてしまった。

焦《あせ》ったのは僕である。

この作品を良くするためには優《すぐ》れたアイデアだと思いつつも、アドリブで玲奈の唇を奪《うば》ってしまうということに抵抗《ていこう》はあった。

「あの、玲奈に言わなくて大丈夫ですかね……」

「ん？　何言ってんだ、事前に伝えたら意味ないだろ」

「それはそうなんですけど、や、やっぱり向こうは抵抗があるんじゃないかとか……」

「どのみち一回はキスするんだし変わらないだろ。それに水沢のやつ言ってたじゃんか、この作品をお前と二人で最高のものにすることを誓《ちか》ったって」

その言葉で、踏ん切りがついた。

そうだ。玲奈とは、この共演作を最高の作品にするという約束を結んだ。そのために何でもするとまで言っていたし、実際にものすごい熱量を投じてくれている玲奈ならば、ちゃんとあとで説明すれば許してくれるはずだ。

「わかりました。やります」

「よし、それじゃあ俺はスタッフにこの話を共有して打ち合わせをし直してくる。水沢には言うんじゃないぞ、完全なアドリブでいくからな」

僕《ぼく》がこくりと頷くと、森田監督はスタッフの下に駆《か》けていった。

それからは慌ただしい準備時間が始まる。

僕はアドリブを組み込《く》むために演技を改めて見直し、森田監督をはじめとするスタッフはアドリブを組み込んだときのカメラや音声の位置を丁寧《ていねい》に確認していた。時間に余裕がないため全員が大忙《おおいそが》しだった。

そして――休憩終わりの時刻。

花梨さんと一緒に、何も知らない玲奈がやってきた。

「じゃあ、一発で決めちゃいましょう。海斗」

「う、うん。頑張ろう」

いよいよ、本番の撮影《さつえい》が始まるのだった。

＊

（ふううっ……大丈夫、大丈夫）

本番に入る前、私は心の中で自分にそう言い聞かせていた。

最初に練習したとき、うまくできなかったキスシーン。だけど私は森田監督のアドバイスで海斗と二人で遊園地に行ったことをきっかけに、演技中に役が抜けてしまうという事態を解消できた。

あの夜、私は無意識のうちにとんでもないことを口走ってしまいそうになった。

それを自覚したときにわかったのだ。

あかりもこんなふうに一日中明久と一緒に楽しい時間を過ごして、好きという気持ちで頭がいっぱいになって——そこで別れなければいけないというときに、感情が抑《おさ》えきれなくなり、ずっと踏み出せなかった一歩を踏み出すことができたのだと。

そこまであかりの心情を深く理解できてからは、キスシーンも役に浸かったまま最後まで演技することができるようになった。練習では寸止めのところまでしかやっていないけれど、本番でもきっと今までと同じようにできるはず。

私はふうと一度深呼吸し、目を瞑《つぶ》ってゆっくりと集中力を高めていった。

本気の演技に入る前のルーティンだ。

これをしないと役に浸かって演技をすることはできない。

そして、カチコミと掛け声で、本番の撮影が始まる。

「シーン一二〇、カット二、トラック一。よーい、スタート！」

私は、すうっと役に浸かっていった――

『……どうしてだろう、言いたいことが全然口から出てきてくれなくて』

『あかり……』

あたし、星宮あかりは、もどかしさで打ち震えていた。

なぜ言えないいんだろう。たった一言口にするだけでいいのに。いつもは饒舌《じょうぜつ》すぎるくらいに動くはずなのに、今日にかぎって全く言葉が出てこない。

どうしよう。明久君は困った顔をしている。わざわざ呼びとめておいて黙《だま》ったままなのだから当然だ。

何か言わなくちゃ。言わなくちゃ。好き。言わなくちゃ。好き。明久君のことが……好《よ》き、好き！

『ごめんね！　嫌だったら、拒否してっ！』

気づいたときには、あたしの体はいつの間にか動いていた。

あたしの手は、明久君の頰《ほお》をぎゅっと挟んでいた。それを認識したとき、あたしは、自分が明久君にキスをしようとしていることに遅《おそ》まきながら気づく。

明久君……！

ごめんね！　あたし、こんな方法じゃないとこの気持ち伝えられないよ！

嫌だったら、拒否して！　あたしのことを押し返して！

あたしは目で必死に訴《うった》えかける。だけど明久君は何もしなかった。それであたしはとうとう覚悟を決めることにした。

あたしは、明久君の唇に、自分の唇をゆっくりと押し当てた。

あたし、星宮あかりにとっての……ファーストキスだった。

すぐに唇を離した。唇に温かさが残っていて、胸のドキドキが止まらなかった。そしてそのあとあたしは、ついに自分の気持ちを言葉にすることができた。

『あたしは……明久君のことが、好き……だよ』

やった……！

やるべきことはやった。あとは待つだけだ。

だからお願い、明久君！　明久君の気持ち……聞かせて！

と、そこで明久君はあたしの頬に、両手で触れた。

え、えっ？　何するの、明久君っ…………

（…………えええええっ⁉　な、なにっ⁉）

私、水沢玲奈は、目の前で起こっている信じがたい状況に、完全に脳がフリーズしてしまっていた。

前に立つ海斗は、私の頬を両手で押さえていた。

そして——私の唇に、その唇を押し当てていたのだ。

（う、嘘《うそ》っ⁉　か、海斗に……キス、されちゃってる⁉）

突然《とつぜん》の出来事に思わず視線を泳がせた私。すると森田監督をはじめ、たくさんのスタッフやカメラが視界に入ってきた。それでようやく私は今が撮影中であることに気づく。そうだ、この前と同じだ、私は演技中に役が抜けてしまったらしい。

失敗したのかなと一瞬《いっしゅん》思ったけどそれにしてはＮＧが出ていないし、海斗は私に口づけたままだ。混乱中の頭をフル回転させた結果、私は何とか結論に辿《たど》り着く。どうやらこれは海斗がアドリブを入れたのだろう。

それなら、何とか私も演技を合わせなければいけない。

私は必死に頭を動かそうとするけれど――

それは無理な話だった。

だって私は今、好きな人にキスをされているのだから！

温かい唇の感触《かんしょく》を意識するだけで、頭が真っ白になってしまいそうだった。

全身を支配されてしまいそうな、少し強引《ごういん》なキス。

心拍数《しんぱくすう》がどんどん上がっていく。心臓が破裂《はれつ》してしまいそうな勢いだった。

自分の顔がみるみる紅潮していくのがわかった。熱い。触《さわ》ったら火傷《やけど》してしまうかもしれない。

（海斗……！　長い、長いっ！）

私はただ身を任せることしかできなかった。

たった数秒だったけど、私には永遠にも感じられた数秒だった。

それから海斗はゆっくりと唇を離し、そして、台本に合流した。

『俺も……あかりのことが好きだ』

元々の台本ではここから二人が抱き合って終わりだったはずだ。ということは、たぶん私から抱き着けばいいのだろう。そのくらいのアドリブ力はまだ残っていたから、私は海斗に駆け寄ってぎゅっと抱き着いた。

だけど、そうするとまた心臓がバクバク鳴り始めた。海斗の細身でがっちりとした体に顔をうずめていると、さっきのキスの感触を思い出してしまい、私の頬は更《さら》に熱を帯びていった。もう、自分がどんな顔をしているのかわからない。

「カットカット！　よーし、ＯＫだ！」

森田監督からそんな声がかかった、瞬間《しゅんかん》。

私は――へなへなと崩れ落ちてしまったのだった。

エピローグ　それぞれの気持ち

Filming a kiss scene with my genius actress childhood friend

第六話のオンエアは、『初恋の季節』の今までの放送回の中でも桁違《けたちが》いの反響《はんきょう》を集めていた。ネット記事に多数取り上げられ、ＳＮＳでは「#こいきせ」を含《ふく》む関連キーワードが軒並《のきな》みトレンド上位を独占《どくせん》した。見逃《みのが》し動画の配信サービスでは再生回数がぶっち切りの一位となり、巷《ちまた》はドラマの話題で持ち切りだった。

そしてその反響のほとんどは、玲奈《れな》の演技を絶賛するものだ。

「なにこの天使！　可愛すぎてやばい！」「玲奈ちゃん、若手だと一番演技上手《うま》いとは思ってたけどこれはさすがに規格外！」「女だけどドキドキしちゃったまずい」「こんな演技ができるなんて」「恋愛もの苦手な部類かと思ってたけどむしろ一番の得意分野だったか」「日本でここまで純度の高い乙女《おとめ》の表情できる女優さん他にいる？」

僕はそんなコメントの山に目を通して、うんうんと共感してしまっていた。やはり僕の提案したアイデアは間違ってなかった。日常の玲奈が見せてくれる、素の表情は――視聴者をこれだけ虜《とりこ》にしてしまうほどの破壊力《はかいりょく》を持っているのだ。

オンエアは恥《は》ずかしくて直視できなかったけど、反響を見ていれば大成功だったことはわかる。オンエア翌日の撮影にはスタッフが軒並み浮足立《うきあしだ》っていたし、森田監督もいつになく上機嫌《じょうきげん》だった。

作品を良くするという意味で、良い仕事ができたことは間違いない。

だけど僕は、その代償《だいしょう》として大きな問題を抱《かか》えることになった。

あの日以来、玲奈に露骨《ろこつ》に避《さ》けられるようになってしまったのだ。

もちろん共演者として仕事でほぼ毎日顔を合わせるのは変わらないのだけど、それ以外でほとんど話してくれなくなってしまった。撮影合間に楽屋に遊びに来ることもなくなったし、恒例《こうれい》となっていたお昼の練習も色々と理由をつけて断られ続けている。もう二週間もそんな調子だ。

（ああ……本格的に怒《おこ》らせちゃったのかなあ……）

演技とはいえアドリブで唇を奪うというのはまずかったのだろう。

しかも、あのキスがずっと頭から離れなくて、それが僕の罪悪感を膨《ふく》らませていた。

撮影日から二週間経った今でも、玲奈の唇の感触は鮮明《せんめい》に覚えている。玲奈と顔を合わせると、ふとした拍子《ひょうし》にその小さな唇に視線が向いてしまい、柔《やわ》らかくて温かい感触を思い出してドキドキしてしまいそうになる。そのせいで、僕はなかなか玲奈に話しかけることができなかった。

でも――このまま玲奈と疎遠《そえん》になってしまうのは、絶対に嫌だ。

だから、謝《あやま》って許してくれるかはわからないけど、謝罪の言葉だけは伝えよう。

そう決意した僕は、撮影が終わって楽屋に戻《もど》る玲奈を追いかけて、楽屋前で後ろから呼び止めた。

「玲奈！」

すると玲奈は驚《おどろ》いたように振《ふ》り返り、それから不自然に視線を泳がせた。

「な、何かしら？」

「その……最近、僕のこと避けてるよね？」

「そ……それは……」

「別に責めてるわけじゃないんだ。それよりも僕の方から謝らせてほしくて。えっと玲奈、この前のこと本当にごめんね！」

僕は深々と頭を下げた。そしてしばらくしてから僕は恐《おそ》る恐る顔を上げたのだけど、すると玲奈はぽかんとした表情を浮かべていた。

「えっ？　な、何を謝ってるの？」

「この前のキスシーンのことだよ。玲奈に確認もとらないで、アドリブであんなことしちゃったから……それで怒らせちゃったと思ってたんだけど……」

「な、何よそれっ！　そんなわけないじゃないっ！」

心外とばかりに真正面から否定する玲奈。

だけど玲奈は僕と目を合わせてくれなかった。少し視線をずらしたまま、次の言葉を口にした。

「海斗《かいと》はやっぱりすごい役者だって思ったわ。私の中にあんな引き出しがあるなんて知らなかったもの。六話のオンエアで私の演技が絶賛してもらえてるのは海斗のおかげだし、感謝しかないわよ」

「え、でも……」

「話はそれで終わり？　なら私はちょっと休みたいから先に失礼するわね」

玲奈は最後まで僕と目を合わせないまま早口でそうまくしたてると、さっと踵《きびす》を返して自分の楽屋に入ってしまった。追いかけようかと思ったけどその前に中からガチャリと鍵《かぎ》を閉められてしまう。

（口ではああ言ってたけど、絶対怒ってるよなあ……）

こんな状態がまだしばらく続くかもしれない。そう考えると、胸が締《し》め付けられる思いだった。

玲奈と一緒《いっしょ》にいたい。仲良く話したい。二人でまたどこかに遊びに行きたいし、うちにも来てほしいし、玲奈の家も再訪したい。玲奈と疎遠な感じになってからわずか二週間の間に、僕の頭はそんな気持ちでいっぱいになっていた。本当に寝《ね》ても覚めても玲奈のことを考えてしまっていた。

（そうか……やっぱり僕は、玲奈のこと……）

一人の女優としてずっと憧《あこが》れていて、一人の女の子としてずっと逢《あ》いたいと思っていた幼馴染《おさななじみ》。

再会して良い意味でメディア越しに抱いていたイメージとのギャップに驚かされた。

並外れた才能を持つ尊敬できる女優であり、そしてびっくりするほど可愛い女の子。

僕はそこで——改めて自分の気持ちに気づかされたのだった。

＊

楽屋に引きこもって鍵を閉めるや否《いな》や、私はへなへなと座《すわ》り込んでいた。

（む、無理っ……やっぱり海斗と目合わせられない……）

ただ話しているだけなのに、顔がほんのり熱くなっているのがわかる。

あの日以来、私は完全におかしくなってしまった。

海斗の顔を見るだけであのキスを思い出してしまい、ドキドキが止まらなくなってしまうのだ。そのせいでここ二週間ほど私は海斗を避けてしまっていた。女優としての仮面を被《かぶ》っている学校や現場なら大丈夫だったけど、二人きりは本当に無理だった。

（でも……どうしよう、海斗、私のこと嫌《きら》いになったりしないわよね……？）

私はそんな不安を胸に抱いていた。

海斗のことを避けてしまっているのは後ろめたく思っていたけれど、まさか私が怒っているなんて誤解されていたとは思わなかった。

アドリブでキスされたのはびっくりしたけど、あとで森田監督《かんとく》に説明されて演技としての意図にすごく納得させられたし、役者としての海斗に感服させられてしまった。『初恋の季節』を最高の作品にしようと誓った間柄《あいだがら》なのだから、良いアドリブに怒るわけがないのだ。

だけど誤解を解こうにも、私は、海斗にうまく話しかけられる気がしなかった。

（もう……海斗のばか……）

私にとって、海斗は初恋の相手だった。

だけど幼い頃《ころ》の初恋が八年間も続くわけではないし、今年の四月に再会したとき、海斗のことはずっと逢いたかった幼馴染に過ぎなかった。

それから数か月、私は毎日のように海斗と一緒に過ごしてきた。

その中で、私は再び海斗のことを好きになっていったのだ。

役者としてのひたむきで努力家な姿勢、私とは違う計算し尽《つ》くされたクレバーな演技。

その一方で普段《ふだん》は昔と変わらず優《やさ》しくて、私のことを気遣《きづか》ってくれる。

自分の気持ちにはっきり気づいたのは第一話のオンエアの日だった。今までずっと隠していた弱い部分に気づかれ、そして、八年前みたいに甘《あま》えさせてもらった。あのときから私は海斗のことをはっきり異性として意識してしまうようになっていた。

私は、海斗のことが好きだ。

でも――私の気持ちは、どうやら海斗には全く伝わっていないらしい。

（海斗は、私のことをどう思ってるんだろう……？）

扉《とびら》の向こうにいるであろう想い人のことを考えて、私の頬は、更に熱を帯びてきてしまったのだった。

HJ文庫 https://firecross.jp/
1111

天才女優の幼馴染と、
キスシーンを演じることになった1

2023年9月1日　初版発行

著者――雨宮むぎ

発行者―松下大介
発行所―株式会社ホビージャパン

〒151-0053
東京都渋谷区代々木2-15-8
電話　03(5304)7604（編集）
　　　03(5304)9112（営業）

印刷所――大日本印刷株式会社

装丁――AFTERGLOW／株式会社エストール

ISBN978-4-7986-3266-7　C0193